读客科幻文库

跟着读客读科幻,经典科幻全看遍。

双 星

[美] 罗伯特·海因莱因 著　张建光 译

上海文艺出版社

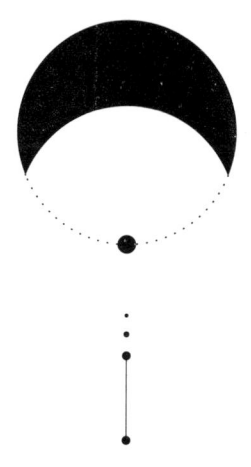

DOUBLE STAR

Robert A. Heinlein

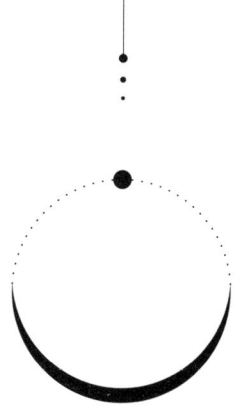

第一章

如果有人穿得像个乡巴佬似的走进来，却表现得像是这地方的主人，那他肯定是个太空人。

这是逻辑上的必然。职业让他错以为自己是万物之主，每次降落到地面，他都会觉得自己屈居于一群农民之中。至于他俗气的穿着，对于一个九成时间都穿着制服，并且习惯于深邃的太空远甚于城市的人来说，你很难期望他能穿着得体。那些所谓的裁缝在每个空天站附近开满了铺头，而他则是他们向之兜售"地面服饰"的冤大头。

我看到这个大骨架的家伙仿佛是制帐工奥玛打扮的，首先映入眼帘的是过于宽大的垫肩，然后是过短的裤腿，在他坐下时露出了多毛的大腿。那件皱巴巴的衬衫,套在奶牛身上没准还顺眼得多。

但我把想法都闷在了心里,并用我仅剩的半块钱给他买了杯酒,权且将其视作某种投资。太空人一般都挺有钱的。"点火!"碰杯时我喊了一声。他旋即瞥了我一眼。

这是我与达克·布洛德本特交往中所犯的第一个错误。他并没有回之以我期待中的"允许起飞!"或是"安全着陆!",而是上下打量了我一番,随后轻声说了句:"学得不错,但对象错了。我从没上去过。"

还有一个理由足以令我不再坚持。太空人不怎么来明日之家酒吧,这里不是他们喜欢的类型,而且离空天站有好几英里远。当他们中的某位穿着地面服饰,躲避在酒吧中阴暗的一角并拒绝承认自己是个太空人时,肯定有他自己的理由。就拿我自己来说吧,我选择了这个角落,可以让我看到周围,别人却无法注意我——那时我在各处都欠了点钱,不是什么大数目,但足以让我觉得尴尬。我应该想到他也有其理由,需要尊重他的决定。

但是,我的声带有它自己的主意,完全不受本人的控制。"别扯了,水手,"我回答道,"如果你是只地面上的土拨鼠,那我就是第谷[1]的市长。我打赌你在火星上喝酒的次数更多,"在注意到他举起酒杯那谨慎的样子,暴露了在低重力环境下养成的习惯后,我接着说道,"远超过你在地球上的次数。"

"小声点!"他不动声色地打断了我,"你怎么能断定我是个游客?你又不认识我。"

"对不起,"我说道,"你想当什么人是你的事,但我有眼睛,你走进来的那一刹那就已经暴露了。"

他压着嗓子问道:"怎么暴露的?"

"别担心,我觉得其他人应该都没注意到,只不过我能看到其他人看不到的东西。"我递给了他一张名片,心中不免有些得意。世上只有一个洛伦佐·斯麦思,独此一家,别无分号。是的,我是"伟大的洛伦佐"——一个古典话剧演员,无论是现场表演,还是录影,均能出彩——"非凡的模仿艺术家"。

他看了眼我的名片,随手把它塞进了袖子上的口袋中——我觉得被冒犯了;这些名片花了我不少钱——上面的字体真的像手工雕刻上去的。"我明白你的意思,"他小声说道,"但是,我的动作到底有什么不对劲?"

"我来演给你看吧,"我说道,"我会用地面人的姿势走

---

[1] 第谷:此地名取自"第谷环形山",月球正面南半部一座醒目的大撞击坑。——编者注(如无特别说明,本书中注释均为编者注。)

到门口,然后再用你的姿势走回来。看好了。"我走了一遍,回来的时候稍微夸张了一下他刚才的姿势,以便让他那对未受过训练的眼睛也能看出来。我在地板上滑着前进,仿佛脚踩在了甲板上,重心前倾,屁股撅着保持着平衡,手朝前伸着,随时准备抓牢。

还有十几处无法用语言描述的细节。关键是模仿时,你得成为一个太空人,保持身体的警惕,并下意识地维持平衡——你必须让这种感觉融入你的生命。一个城里人一辈子都行走在平整的地面上——在地球标准重力之下坚实的地面——一张烟纸都能把他绊倒。太空人可不会。

"明白我说的了?"我滑入了椅子之后问道。

"应该吧,"他不情愿地承认道,"我真的是那样子走路的吗?"

"是的。"

"呃……或许我该跟你学几课。"

"是个好主意。"我得意道。

他坐着仔细打量了我一番,打算开口接茬聊,却又改变了主意,朝着招待挥了挥手指,示意再倒满。酒添完后,他动作连贯地付了钱,喝干了他的那杯,起身离开了座位。"等着我。"他小声说道。

眼前就放着那杯他请的酒,所以我无法拒绝。我也不想拒绝;他让我好奇。我喜欢他,尽管只认识了他十分钟。他是那种身材健硕、长相却有几分天真的人,女人喜欢这种人,男人愿意服从这种人的命令。

他优雅地穿过了房间,绕过了门口的桌子,那张桌子旁坐着四个火星人。我不喜欢火星人。我不认为戴着头盔的那一截子树干称得上是个人。我不喜欢他们胳膊的生长方式,它们让我联想起蛇从洞里爬出的样子。我也不喜欢他们不用扭头就能看到所有方向的事实——如果他们称得上有头的话。他们当然没有头,而且,我受不了他们的味道!

没人能指责我是个种族主义者。我不在乎一个人的肤色、种族,或是他的宗教。但是,人就是人,而火星人是另外一种东西。在我看来,他们甚至称不上是动物。我情愿一整天待在一只疣猪的身边。允许他们进入人类的饭店和酒吧实在是太过分了。但是,条约已经签了,我还能抱怨什么呢?

在我进来时,这四个火星人还没到,否则我能闻到他们。同理,刚才在我走到门口并走回来时,也没他们。此刻,他们就在那里,围着桌子站在了他们的下肢上,假装自己是人类。我甚至都还没听到空调开大的声音。

眼前免费的酒已经失去了吸引力,我只希望请客的那个人能赶紧回来，我可以客气地跟他告别。突然，我回想起他在匆匆离去之前朝那个方向瞥了一眼，我不禁怀疑火星人是否跟他有关。我朝他们看去，想确定他们是否在关注着我们这张桌子，但是你又怎么能确定一个火星人在看什么或是想什么呢？这也是我不喜欢他们的原因之一。

我又坐了几分钟，小口品着酒，心里想着我的太空人朋友不会碰到什么事了吧。我本希望他的好客能延续到晚餐，而且如果我们之间谈得来，甚至能延续至一小笔临时贷款。我的其他希望——我承认！——十分渺茫。我给经纪人打的最后两次电话，他的自动秘书只是记录下了信息。而且，除非我往门里塞入硬币，否则今晚我的房间将拒绝开门……你可以判断我的财富缩水到了什么地步：沦落到要睡投币隔间。

正当我沉浸于自怨自艾时，一位招待碰了碰我的胳膊："有你的电话，先生。"

"嗯？好的，朋友，你能把电话拿过来吗？"

"不好意思，先生，我没法拿过来。大堂里的第12号亭子。"

"哦，谢谢。"我回答道，表现得尽可能友好，因为我无法给他小费。我走出去时，远远地避开了那几个火星人。

我很快明白了为什么那个电话不能拿到桌子旁：12号是个

最高安全等级的亭子，声音和图像都对外加密了。亭子门在我身后关上时，机子上仍然没有显现图像。直到我坐下并把脸放入接听区时，屏幕上的迷雾才消散了，随后那位太空人朋友出现在了我眼前。

"非常抱歉，我先走了一步，"他急促地说道，"但我这边有急事。我要你马上到艾森豪威尔的2106房间。"

他没有解释为什么。艾森豪威尔和明日之家一样，都不是太空人的选择。我感觉遇到了麻烦。你不会随便在酒吧挑个陌生人，然后要求他去宾馆的房间——好吧，至少不是同一性别的陌生人。

"为什么？"我问道。

太空人露出了古怪的神情，显然他习惯于无条件地服从。我带着专业兴趣研究着他的神情——它和愤怒不同，更像是暴风雨来临之前的乌云。然而，他控制住了自己，平静地回答道："洛伦佐，没时间解释了。你想接活儿吗？"

"你指的是专业工作吗？"我缓慢地反问道。有那么可怕的一瞬间，我怀疑他想要的是……好吧，你懂的——"那种活儿"。迄今为止，我依然保持着我的职业尊严，尽管唾手可得的金钱时不时地诱惑着我。

"哦，专业的，当然！"他迅速回答道，"这份工作需要最好的演员。"

我暗自松了口气，没有在脸上显露出来。这是真的，我随时都准备好了接下任何的专业工作——让我演罗密欧与朱丽叶的阳台我也愿意——但面上你还得端着点。"能说得具体点吗？"我问道，"我的日程排得很满。"

他没有正面回答："我没法在电话上解释。你大概不知道，但是任何保密线路都能被破解——只要有合适的设备。赶紧过来就是了！"

他很着急，因此我可以不着急。"还是先说清楚吧，"我抗议道，"你以为我是什么人？行李员吗？或者是急于表现的雏儿吗？我可是洛伦佐！"我高抬着头，显出被冒犯了的样子。"到底是什么工作？"

"呃……妈的，我没法在电话上谈。你能挣多少钱？"

"嗯？你是问我的工资吗？"

"是的，是的！"

"是一次性的演出，还是一个星期的？或是不定期的？"

"不用操心。你一天能挣多少钱？"

"我一个晚上的最低收费是一百块。"这是真的。哦，有时我会被迫支付些见不得光的回扣，但面上的数字从来没低于过这个数。一个人必须有原则。我情愿挨饿。

"很好，"他迅即回答道，"只要你出现在这里，你兜里就会有一百块，但是得快！"

"嗯？"我突然间懊悔地意识到，即使我开价两百、甚至是两百五，也能轻易地被满足。"但是，我还没答应接下你的工作。"

"没关系！你到了之后我们再谈。即使你回绝了我，这一百块仍然是你的。如果你接受了——好吧，把它当成你工资之外的奖金吧。现在，你同意过来了吗？"

我鞠了个躬："当然，先生，耐心点。"

幸运的是艾森豪威尔离明日之家不远，因为我连最小票面的地铁票都买不起了。尽管当今世界已不流行步行了，我还是挺喜欢的——它能让我思考。我不是个傻子，我知道，当另一个人抢着给你塞钱时，你该好好看看手里的牌了，因为这几乎能肯定意味着非法，或是危险，或两者皆是。我并不过分在意什么非法或是合法；我同意莎士比亚的说法，法律时常是荒谬的。不过，我还是喜欢走在道路正确的那一边。

此时此刻，我掌握的事实还不够多，因此不再去想了。我把斗篷搭在了右肩上，大步走着，享受着秋日温柔的天气，以及城市里丰富多变的气味。在抵达时，我决定不从大门进去，而是从地下室坐了部电梯直接到了二十一楼。隐约之中，我总感觉这不是一个适合大众认出我的地方。我的游客朋友把我让进了房间。"你花的时间也太长了。"他怒道。

"是吗？"我没有追究他的态度，而是四处打量了一番。如同我猜想的，这是个昂贵的套间，但是房间里很乱，散落着至少有十几只用过的玻璃杯和咖啡杯。不用说，我只是众多访客中的一位而已。还有一个人瘫坐在沙发上，恶狠狠地盯着我。我也暂时将他归类为太空人。我询问地看了他一眼，但他没有做自我介绍。

"好吧，至少你还是来了。我们直接谈正事吧。"

"没问题。这倒提醒我了，"我加了句，"我们说到过奖金，或是某种聘用费。"

"哦，是的。"他转身看着沙发上的人，"乔克，付他钱。"

"为什么？"

"付他钱！"

我现在知道了谁是老板——之后我才逐渐学到，只要达克·布洛德本特在场，那里就不会有质疑。另外一个家伙立刻站了起来，眼神仍然是恶狠狠的，数给了我一张五十的和五张十块的。我没有数，随意地把票子收了起来，说道："我洗耳恭听，先生们。"

大个子咬了咬下嘴唇:"首先,我要你起誓,哪怕你在说梦话,也不能谈起这个工作。"

"我答应你就是了,用得着起誓吗?"我看了眼又坐回到沙发里的小个子,"我们还没见过吧。我叫洛伦佐。"

他看了我一眼,把目光挪开了。我在酒吧认识的朋友急切地说道:"名字不重要。"

"不重要?在我尊敬的父亲死去之前,他让我向他保证了三件事:第一,永远不要往威士忌里掺除了水之外的任何东西;第二,永远不要去理睬匿名信;第三,永远不要跟一个拒绝透露名字的陌生人说话。再见了,先生们。"我转身走向门口,他们给的一百块暖洋洋地躺在我的钱包里。

"停下!"我停下了,他接着说道,"你说得很有道理。我叫——"

"船长!"

"住嘴,乔克。我叫达克·布洛德本特,盯着我们看的那位叫乔克·迪布瓦。我们两个都是宇航员——首席驾驶员,全级别,涵盖所有加速度。"

我鞠了个躬。"洛伦佐·斯麦思,"我谦逊地说道,"江湖艺人和艺术家——羊羔俱乐部的驻场演员。"我再次提醒了自己要记得去还账。

"好的。乔克，试着笑两下。洛伦佐，你同意就我们的谈话保密？"

"没问题。这是绅士之间的谈话。"

"无论你是否接受了这份工作？"

"无论我们之间是否达成了协议。但我是个人，只要不对我施加非法的问讯手段，你的秘密在我这里很安全。"

"我十分清楚新型的激素能对人类的前脑做什么，洛伦佐。我们很现实。"

"达克，"迪布瓦急切地说道，"这是个错误。我们至少应该——"

"闭嘴，乔克。这件事上我不希望催眠师参与。洛伦佐，我们要求你假扮一个人。你必须做到完美，没人——我的意思是没有一个人——能看出来。你能胜任这种工作吗？"

我皱起了眉头："问题不是'我能吗？'而是'我愿意吗？'，有背景资料吗？"

"呃，细节过会儿再谈吧。简单来说，这跟去假扮一位知名公众人物差不多，区别在于你得表现得非常完美，能在近距离骗到他的熟人。它不像是在看台上检阅游行队伍，或是往女童子军胸前别奖章那么简单。"他挑逗地看了我一眼，"它需要一位真正的艺术家。"

"不做。"我马上回道。

"嗯？你还不了解这份工作。如果你觉得良心过意不去，我跟你保证，你不会损害你所假扮的那个人的利益，也不会损害任何人的合法权益。这是份必须完成的工作。"

"不做。"

"好吧，看在上帝的分上，为什么？你甚至都不知道我们会付多少钱。"

"钱不是问题，"我坚定地说道，"我是个演员，不是个替身。"

"我搞不懂你。很多演员都会在公共场合假扮成名人，赚点外快。"

"我把他们看成是妓女，而不是同行。我再说明白点吧。一个作家会尊敬捉刀人吗？如果一个画家为了钱而在画作上签别人的名字，你还会尊敬他吗？可能你不懂艺术家的灵魂，先生，或许我该用你自己的职业来举个例子。你会仅仅为了钱而满足于驾驶飞船，却让一个技术拙劣的家伙穿着制服享受所有的荣誉，公然宣称自己是首席驾驶员？你会吗？"

迪布瓦哼了一声："多少钱？"

布洛德本特朝他皱了下眉。"我懂你为什么反对。"

"对于艺术家来说，先生，荣誉永远是第一位的。钱只不过是支持他创作的俗物而已。"

"嗯……好吧,你不会仅仅为了钱而出卖艺术。那别的理由呢?假设这么做是必须的,而你是那个唯一胜任的人?"

"我承认存在这种可能性,但我无法想象背景情况。"

"你不用想象,我们会跟你解释的。"

迪布瓦从沙发上跳了起来:"等一下,达克,你不能——"

"住嘴,乔克!他必须得知道。"

"他不必现在就知道——在这个地方。你无权这么做,告诉了他之后会损害大家的利益。你对他一无所知。"

"值得冒这个险。"布洛德本特转身对着我。

迪布瓦抓住了他的胳膊,又把他扭了过去:"值得个鬼!达克,我过去一直支持你,但是,这一次我必须跟你撕破脸皮,你要再坚持,我们之中只有一个人能站着说话了。"

布洛德本特吃了一惊,随后冷冷地盯住了迪布瓦:"你是在逼我吗,乔克小子?"

迪布瓦也在盯着他,并没有畏缩。布洛德本特比他高一个头,体重也重上二十公斤。我开始有点喜欢迪布瓦了;小猫的勇敢、矮脚公鸡的雄心,或是小兵宁愿死于冲锋而不是屈膝投降,总会让我感动……尽管我并不认为布洛德本特会杀了他,但我真的觉得迪布瓦马上就要像块破布似的倒在地上了。

我不想插手。每个人都有权利选择其倒下的时间和方式。

我感觉到空气越来越紧张了。随后，布洛德本特突然笑着拍了拍迪布瓦的肩膀。"好样的，乔克！"他又转身看着我小声说道："介意我们单独聊会儿吗？我和我朋友之间有些问题需要解决。"

套房内配备了一个保密角，里面有可视电话。布洛德本特拽着迪布瓦的胳膊去了那儿，他们站着激烈地讨论着。

有时，公共场所的类似装置并不能完全发挥效用，声波并不能被完全消除。但是，艾森豪威尔是个豪华酒店，至少该装置发挥了应有的作用，我能看到他们的嘴唇在动，却听不到任何声音。

然而，我能看清楚他们的嘴唇。布洛德本特的脸冲着我这个方向，从墙上的一面镜子里我能看到迪布瓦。在我表演那出著名的心灵感应戏时，我总算明白了为什么父亲要狠狠地揍我，一直揍到我掌握了唇语——在那出戏里我总是站在异常明亮的舞台上，使用着绝技——不多解释了，总之我会读唇语。

迪布瓦在说："达克，你这个该死的、愚蠢的、低俗的、目无法纪的、异想天开的下流胚，你想让我们两个都沦落到在泰坦上数石头的下场？这个自大的小丑肯定会把事情搞砸的。"

我差点没看清布洛德本特的回答。自大我认！但除了欣赏自己的艺术天分，其他方面我自认是个谦虚的人。

布洛德本特："……就别管这张牌是不是偷奸耍滑了，这是目前我们手里唯一一张牌。乔克，我们没有其他选择了。"

迪布瓦："好吧，那就把卡佩克医生叫来，催眠他，给他喂快乐水。先不要跟他说细节——等他被处理过了，等到我们离开地面之后再说。"

布洛德本特："呃，卡佩克跟我说了，我们不能依靠催眠和药水，否则他无法完成我们需要的表演。我们需要他的配合，他理智上的配合。"

迪布瓦哼了一声："什么理智？看看他。你见过公鸡挺着胸脯走过谷仓吗？没错，他的体形和身材都合适，而且他的脑袋看上去跟头儿的也挺像——但是他脑袋里是空的。他会吓破胆，暴露身份，把整个计划都泄露了。他无法承担这个角色——他只是个蹩脚的演员！"

即使不朽的卡鲁索[1]被指责唱走音了，他也不会比我觉得更受到侮辱。我一直确信自己具备继承伯比奇[2]和布斯[3]衣钵的能

1　恩里科·卡鲁索（Errico Caruso，1873—1921），意大利著名男高音歌唱家。书中人名如无标注，多为虚构。
2　理查德·伯比奇（Richard Burbage，1567—1619），英国演员，被认为是有史以来最顶尖的莎翁剧演员之一。
3　约翰·威尔克斯·布斯（John Wilkes Booth，1838—1865），美国戏剧演员，于1865年刺杀了林肯总统。

力。不过，我只是继续打磨着自己的指甲，没有去在意——只是暗下决心，总有一天要让我的朋友迪布瓦在二十秒内又哭又笑。我又等了一小会儿，随后起身走向保密角。他们看到我打算进入时，都住嘴了。我平静地说道："别再说了，先生们，我改主意了。"

迪布瓦松了口气："你不想接下这份工作。"

"我的意思是我接下这个角色了。你们不用跟我解释。我的朋友布洛德本特已经跟我保证了它不会让我良心不安——我相信他。他明确了他需要一位演员，至于制片人要干些什么，我不关心。我接受。"

迪布瓦显得很气愤，但他没再开口。我本以为布洛德本特会高兴，但他却神色凝重。"好吧，"他同意道，"就这么定了。洛伦佐，我不知道我们需要你多长时间，相信要不了几天——而且在此期间你只需露面一两次，每次不超过一个小时。"

"只要给我时间研究角色就行——我要扮演的那个人。你大概需要我多少天呢？我得通知我的经纪人。"

"不行！别通知。"

"好吧——多长时间？最多一个星期？"

"比这要短——否则我们就完了。"

"啊？"

"没什么。每天一百块，可以吗？"

我迟疑着，想起了他只是为了见我就轻易满足了我的最低要求——于是决定现在可以表现得大方点。我摆了几下手："先不谈了，相信你肯定会支付与我表演相称的报酬。"

"好吧，好吧。"布洛德本特不耐烦地转了个身，"乔克，通知空天站。然后给兰斯顿打电话，告诉他狂欢节计划启动了，让他跟上节奏。洛伦佐……"他示意我跟他去了洗手间。他打开了一个小箱子，问道："你会用这堆垃圾吗？"

所谓的"垃圾"——某种定价过高的业余化妆套件，专门出售给年轻的戏剧爱好者。我带着些许厌恶看着它："先生，你是希望我现在就开始扮演吗？没有时间来研究？"

"嗯？不，不是！我想让你换一张脸——以免在我们离开时有人把你认出来。这是有可能的，不是吗？"

我冷冷地回答，在公众场合被认出来是每个名人必须承担的代价。我还没来得及告诉他，伟大的洛伦佐肯定会在任何场合被无数的人认出来。

"好吧。那就换一张不是你的脸。"他立马离开了。

我叹了口气，看着他给我的那个儿童玩具，他肯定觉得它就是我这行人用的工具了——适合小丑用的油性颜料，气味恶心的速干胶，像是从玛吉阿姨家客厅地毯上薅下的假发套。没有一点硅胶皮肤，没有电动刷子，没有任何的现代装置。然而，一个真正的艺术家能用烧过的火柴，或是任何能在厨房找到的边角料，再加上他本人的天赋，创造奇迹。我调整了光线，进入了创作的冥想。

有几种方法能防止一张知名的脸被认出来。最简单的就是误导。让一个人穿上制服，那他的脸就有可能被忽视——你还能记得你上次碰到的那个警察的脸吗？下次他穿着便服时你还能认出他吗？同理，加装一个吸引眼球的特征也能起作用。在一个人脸上装个大鼻子，再配一个糟糕的酒糟鼻头；粗鲁的人会死死地盯着鼻子，讲礼貌的人会把头扭开——但他们都不会注意到脸。

我决定放弃这种原始的做法，因为觉得我的雇主希望我能完全避免人们的注意，而不是因为某种特征，尽管没被认出但却被记住了。这要困难得多。谁都能做到吸引众人的目光，但要做到不被注意就需要技巧了。我需要一张大众脸，就像不朽的亚历克·吉尼斯[1]那张永远无法被记住的脸一样。不幸的是，我带有贵族气质的英俊实在是难以掩藏——对于演技派来说是个缺

1　亚力克·吉尼斯（Alec Guinness de Cuffe，1914—2000），美国演员，有"影坛千面人"之称，曾在电影《仁心与冠冕》中一人分饰八角。

憾。我的父亲常说："拉里，你长得太他妈的帅了！如果你不勤奋练习，十五年后你仍然只是个小白脸，错误地以为自己是个演员——最后只能在大堂里卖糖果。'愚蠢'和'漂亮'是演艺行业中两个最糟糕的条件——你两者都有。"

然后他就会脱下皮带来刺激我的大脑。父亲是个行为心理学家，他相信只要让臀大肌在皮带下变得滚烫，就能抽离大脑里过多的血液。该理论听起来可能不太靠谱，但卓有成效。十五岁时，我已经能在钢丝上倒立，还能整页整页地背诵莎士比亚——或是点上根烟就能抢了别人的戏。

在我沉浸于创作之中时，布洛德本特的脸伸了进来。"天哪！"他喊了一声，"你怎么还没开始？"

我冷冷地盯着他："我认为你需要我最佳的作品，所以不能着急。难道你能指望一位大厨在飞奔的烈马上调制出上等的酱料吗？"

"说什么马不马的！"他瞥了一眼手表的指针，"你还有六分钟。如果六分钟内你做不到，那我们只好赌一赌了。"

好吧！我当然希望能有更多的时间，好在我曾经替父亲出演过变脸戏，《暗杀休伊·朗》[1]，七分钟内换了十五个角色——

---

[1] 休伊·皮尔斯·朗（Huey Pierce Long Jr., 1893—1935），美国民主党籍政治家，于1935年被刺杀。

有一次甚至比他的最好用时还快了九秒钟。"站着别动！"我冲着他喊了回去，"我马上就好。"随后我化上了"本尼·格雷"的扮相，一个毫无特色的勤杂工，《没有门的房子》里的杀人犯——先在脸上从鼻子到嘴角画两道，打掉我脸上的神采，再在眼睛下画出眼袋，然后用五号颜料把整张脸涂成蜡黄色，整个过程用了不到二十秒——即便睡着了我也能完成，在他们录制之前，这部戏已经现场演出了九十二回了。

然后，我转向布洛德本特，他倒吸了一口气："老天爷！是真的吗？"

我待在了本尼·格雷的角色里，没对他微笑示意。布洛德本特意识不到油彩实际上不是必需的。当然，它能让过程变得简单，但我用它的主要目的是因为他觉得要用。对乡巴佬来说，化妆就是颜料和粉末。

他依旧在盯着我。"我说，"他压低声音说道，"你能给我也来几下吗？但是要快？"

我刚想拒绝，但马上意识到这是一项对我专业技能有趣的挑战。我本想讽刺他，要是我父亲在他五岁时开始培养他，那他现在肯定在店里卖棉花糖，不过我决定放过他。"你只是想让自己不被人认出来吗？"我问道。

"是的，是的！你能给我涂点颜料，或是装个假鼻子之类的吗？"

我摇了摇头："不管我怎么给你化妆，你都会像一个在万圣节讨糖的孩子。你不会表演，而且在你这个年纪也学不会了。我不会动你的脸。"

"嗯？但要是装上个假鼻子——"

"听好了。无论我在你的大鼻子上玩什么花样，你只会更加引起别人的注意，相信我。你看搞成这样行不行？无论哪个熟人看见你都会说：'嘿，那个大个子让我想起了达克·布洛德本特。当然，他不是达克，但有点像他。'怎么样？"

"嗯？可以吧。只要他确信不是我本人就行。我应该在……怎么说呢，这个时候我不应该出现在地球上。"

"他肯定会百分百相信那不是你，因为我要改变你走路的姿势。这是你本人最显著的特征。如果姿势不对，那肯定不是你——只能是其他人，也长着大骨架和宽肩膀，看上去有点像你。"

"好的，教我怎么走吧。"

"不行，你学不会的。我会强迫你按照我的要求来走路。"

"怎么弄？"

"我会在你鞋子深处放几颗小石子之类的东西，迫使你用脚跟走路，让你站直。你无法再用太空人似的猫步了。唔……

我再往你的肩膀上粘些胶带，提醒你要时刻挺胸。这就够了。"

"你真以为只要我改变步态，他们就认不出我了？"

"当然。你的熟人不会去深究自己怎么就那么确信那个人不是你。确信是某种潜意识层面的东西，不会被加以分析，更不会引发怀疑。哦，我会在你的脸上做个小花样，只是让你觉得放松——实际上并不需要。"

我们回到了套房的起居室。当然，我仍然是"本尼·格雷"，一旦进入角色，我必须在主观上做出努力才能变回我自己。迪布瓦在忙着讲电话。他挂上电话后看到了我，嘴巴都张大了。他急忙从保密角出来并问道："他是谁？那个演员在哪儿？"他看了我一眼之后就挪开了目光，再也没看过我——"本尼·格雷"是个无聊的小人物，没必要注视他。

"哪个演员？"我用本尼那单调乏味的语调回应道。话音让迪布瓦的眼睛又回到了我身上。他看了我一眼，又挪开了目光，随后又一下子看了回来，看着我的衣服。布洛德本特大笑着拍了拍他的肩膀。

"你还说他不会演戏！"他又严肃地追问了一句，"你都联系上他们了，乔克？"

"是的。"迪布瓦疑惑地看了看我，然后又看着别处。

"好的。我们要在四分钟之内离开这里。让我们来看看你多快能搞定我，洛伦佐。"

达克脱掉了一只靴子，并脱掉了外套，拉起了衬衫，好让我粘胶带。就在这时，门口的灯亮了，门铃也响了起来。他停止了动作："乔克，我们在等什么人吗？"

"可能是兰斯顿。他说过会尽量在我们离开之前与我们会合。"迪布瓦前去开门。

"可能不是他。有可能是——"我还没听见布洛德本特说出他觉得会是谁，迪布瓦已经拉开了门。站在走廊里的是个火星人，如同噩梦里的毒蘑菇。

在最初厌恶的那一秒内，我只看到了火星人，没顾得上看其他的。我没看到他身后站着一个人，也没看到火星人胳膊上吊着的法杖。

紧接着，火星人滑了进来，和他一起的人也跟着走了进来。门已经敞开。火星人尖声说道："下午好，先生们。要走了吗？"

我呆住了，头发晕，强烈的憎恶和恐惧控制了我。达克则被卷起的衬衣绊住了手。但是，小乔克·迪布瓦表现得非常勇敢，所以尽管他死了，我一直当他是我的好兄弟……他飞身朝法杖扑去。对得准准的——他没想避开。

他还没倒地就应该已经死了，肚子上烧穿了一个洞，足以塞入一个拳头。但是，他仍然挂在了胳膊上，搞得那根胳膊如同弹簧一样弯曲了——随后折断了，从离这魔鬼脖子几英寸的地方断开，而可怜的乔克仍然死死地抱住了那根法杖。

跟着那臭东西进屋的人不得不绕过他才能开枪——然后犯了个错误。他应该先朝达克开枪，然后再解决我。然而，他的第一枪浪费在了乔克身上，因此没机会开第二枪了，达克准确地击中了他的脸。我甚至不知道达克带着武器。

失去了武器之后，这位火星人并不打算逃走。达克站了起来，滑到了他跟前，说道："啊，灵灵格瑞瑞尔，再见了。"

"再见了，达克·布洛德本特船长，"火星人尖声道，随后又加了一句，"你会通知我的巢穴吗？"

"我会通知你的巢穴，灵灵格瑞瑞尔。"

"谢谢，达克·布洛德本特船长。"

达克伸出了一根长长的手指，插入了离他最近的那只眼睛，一直往里插，直到他的指节捅入了脑腔。随后他抽出了手指，那上面沾满了绿色的黏液。出于神经反射，那生物的胳膊缩回了躯干，但这家伙仍然站得稳稳的，尽管已经死了。达克匆忙去了洗手间，我听到他在洗手。我待在原地没有动，浑身僵硬，如同死去的灵灵格瑞瑞尔一样。

达克出来了，在衬衣上擦着手，说道："我们必须清理这个地方，没时间了。"他的样子仿佛在说一杯打翻的酒。

我用了一句混乱的长句来表明自己不想搅和进去，我们应该通知警察，在警察来之前我想离开这地方，还有去他的疯狂的角色扮演，我只想长出翅膀从这里飞出去。达克没理睬我。"别慌，洛伦佐。我们已经超时了。帮我把尸体抬到洗手间去。"

"啊？上帝！赶紧关上门溜吧。他们应该猜不到是我们。"

"也许吧，"他同意道，"因为我们都不应该出现在这里。但是，他们能看出灵灵格瑞瑞尔杀了乔克——我们不能让这发生。现在不能。"

"嗯？"

"我们不能让新闻里出现火星人杀了地球人。所以，闭上你的嘴来帮我。"

我闭上了嘴并帮了他。我想起了本尼·格雷是个糟糕的虐待狂，喜欢肢解他的受害者，这让我平静了下来。我任由"本尼·格雷"拖着那两具人类尸体进了洗手间，达克则用法杖将灵灵格瑞瑞尔切成了易处理的小碎块。他在切第一下时谨慎地避开了脑腔，因此现场还不至于太乱，不过我还是无法帮他——对我而言，死了的火星人比活着时更臭。

地下通道的开口被洗手间的坐浴盆遮挡了。如果那地方没画着常见的小心辐射的图案，还真不好找。我们把灵灵格瑞瑞尔的尸块倒进去后（我竭力壮起胆子帮了把手），达克接手了更麻烦的工作，也就是把人类的尸体切碎并倒入地下通道。当然，他借助了法杖，工作是在浴盆里完成的。

人类体内的血量真是惊人。整个过程之中，我们都开着水龙头，但情景依旧吓人。当达克得去处理可怜的小乔克的尸体时，他也受不了了。他的眼里噙满了泪水，遮挡了视线，因此我在他切掉自己的手指之前将他推到了一边，让"本尼·格雷"接手了。

我结束之后，已经没有任何迹象表明这套间内曾经存在过另两个人和一个魔鬼。最后，我仔细冲洗了浴缸，并站起了身。达克站在起居室里，已如同平时那般平静。"我已经清理了地板，"他告诉我，"我猜一个犯罪学家带着合适的工具应该能重建现场——不过应该没人会起疑。我们走吧。我们得追回差不多十二分钟的时间。快！"

我已经顾不上问去哪儿或是为什么了。"好的。先来搞定你的靴子。"

他摇了摇头："我会走不快的。现在速度是关键，比能不能认出我更重要。"

"听你的。"我跟着他去了门口。他停了下来，说道："可能还有其他人。一旦碰到他们，先开枪——你没有其他选择。"他手里拿着法杖，用斗篷遮盖着。

"火星人？"

"或是人。也可能两者都有。"

"达克？灵灵格瑞瑞尔是在明日之家那四个火星人中的一个？"

"显然是。你明白了为什么我要去那里把你引到这儿来了吧。他们要么是像我们那样跟上了你，要么是跟上了我。你没认出他来吗？"

"老天，没有！这些鬼东西看上去都一个样。"

"他们也说我们看上去都一个样。那四个是灵灵格瑞瑞尔，他的结对兄弟灵灵格拉斯，加上他巢穴里别的家族的两个。别再聊了。如果你看到火星人，开枪。你有枪吗？"

"呃，是的。听着，达克，我不知道发生了什么，但只要那些魔鬼是冲着你来的，我会帮你。我讨厌火星人。"

他看上去吃了一惊："你别胡说了。我们并不是在跟火星人对战，那四个是叛徒。"

"啊？"

"也有很多好的火星人——几乎所有的都是。唉，从很多方面来说，甚至连灵灵格瑞瑞尔也不算是坏人——我跟他下过很多盘精彩的棋局。"

"什么？这么说来，我——"

"别说了。你陷得太深了，已经没有退路。现在走快点，直接去电梯，我负责断后。"

我闭嘴了。我陷得太深了——没啥好说的。

我们到了地下一层，随后直接去了地铁。一节双人胶囊正好空了。达克一下子把我推了进去，速度快到我都没能看清他操作控制台。然而，当我胸腔骤然抽紧，看到"杰弗逊空天站——全体下车"的标志闪动时，却没感到意外。

我也不在乎这到底是哪一站，只要它离艾森豪威尔宾馆越远越好。挤在真空管胶囊内只有短短的几分钟，但已足够我构思好了一个计划——一个粗糙的、临时的计划，一个像合同里常出现的那样"如有变更，恕不另行通知"的计划，但好歹是个计划。用简单的一个词来概括：消失！

那天早上，原本这个计划执行起来很困难。在我们的文化里，没钱的男人就是个无助的婴儿。但现在我口袋里揣着一百块，我能消失得又快又远。我不欠达克·布洛德本特什么。因为他的缘故——不是因为我！——我差点被干掉了，然后他又强迫我清理了犯罪现场，让我成了一个逃犯。好在我们逃过了警察，至少目前看起来是，只要我能摆脱布洛德本特，我就能把这一切都忘了，把它当成是一场噩梦。即便事后警察发现了什么，也很难联系到我头上——幸运的是，作为一个绅士，我总是戴着手套，只是在化妆和冲洗浴缸时才脱掉了一会儿。

除了在达克·布洛德本特与火星人枪战时感受到了年轻热血，我对他的计划根本没兴趣——甚至连热血都凉了，因为我发现总体上他挺喜欢火星人的。给我再多的钱，我也不会去碰他的角色扮演。见鬼去吧，布洛德本特！我的生活只需要足够的钱让我能活下去，让我能表演我的艺术。警匪游戏不适合我，我在戏院里待着就行了。

杰弗逊空天站似乎是为了执行我的计划而定制的。拥挤的人群，复杂的地形，地铁如蜘蛛网般在地底延展。只要达克稍不注意，我已经在去奥马哈的半道上了。我会低调几个星期，然后再联系我的经纪人，看看是否有人问起过我。

达克刻意地让我们两个同时爬出了胶囊，否则我会一下子关门，马上消失。我假装没有在意，紧紧跟着他，如同一条跟在主人身边的小狗，一起走上了通往大厅的传送带。大厅位于地下一层，传送带的尽头位于泛美和美国天际线的柜台之间。达克径直穿过大厅，走向黛安娜公司的柜台，我猜他可能想买月球穿梭航线的机票——我没带护照和接种证明，他怎么能带我登机呢，我猜不到，不过我知道他挺有手段。我决定在他掏出钱包时就隐入周边，当一个人开始数钱时，他的注意力总有几秒钟会全部放在钱上。

但是，我们直接穿过了黛安娜的柜台，走进了一条标记着"私人泊位"的通道。里面没什么人，墙壁上也光溜溜的，我沮丧地意识到我已错过了最好的机会——也就是在那个繁忙的大厅里。我放慢了脚步。"达克，我们要飞吗？"

"当然。"

"达克，你疯了吗？我没带身份文件，我甚至连月球游客卡都没有。"

"你不需要它们。"

"啊？他们会在'边境检查站'拦住我的，接着就该来个大块头警察问各种问题了。"

一只蒲扇般的大手抓住了我的上臂。"别浪费时间。你怎么会走'边境检查站'呢，从官方记录上来看，你从没离开过这里。还有我，官方记录显示我从未抵达这里。走快点，小子。"

我的肌肉还算发达，个子也不小，但我感觉就像被机器人交通警拽着离开危险区域一样。我看到了一个标记写着"男"，用尽力气想挣脱他："达克，只要半分钟，我得去放水。"

他对着我笑了："哦，是吗？在我们离开宾馆之前你刚放过。"他没有放慢脚步，也没有松开我。

"我肾亏——"

"洛伦佐小子,我怎么觉得你想溜呢。告诉你我打算怎么做吧。看到前面那个警察了?"通道尽头处的私人泊位区,一个人民卫士正把脚跷在柜台上休息。"我突然良心发现了,我要去自首——告诉他你杀了一个火星访客和两个本地公民——还有你拿着枪胁迫我帮你处理了尸体——还有——"

"你疯了!"

"痛苦和悔恨快把我逼疯了,水手。"

"但是——你没有证据。"

"是吗?我觉得我的故事比你的有信服力多了。我了解事情的前因后果,你不了解。我了解你的一切,你一点都不了解我。比如说……"他提及了我过去做过的一两件事,我自己都忘了曾做过。好吧,我是演过一些少儿不宜的角色——我总得吃饭啊。但是,那件关于蓓蓓的事,太不公平了,我真的不知道她还没有成年。至于那个酒店账单,我不知道在迈阿密欺骗酒店经理相当于在其他地方犯了武装抢劫罪,这是他们当地的土法律——而且如果有钱的话,我也会付了那张账单。还有在西雅图的那次不幸事件——好吧,我想说的是达克的确了解我太多的背景,尽管他在每个故事中都扭曲了些事实。不管怎么说……

"那好,"他继续说着,"我们走到那位警官跟前,跟他全说了吧。我可以跟你打赌,看谁能先得到保释。"

因此,我们向警察走去,并经过了他。他正跟栏杆后一个女职员说话,他们两个都没抬头看。达克拿出了两张票,上面写着"门禁卡——维护许可证——K-127泊位",并把它们塞进了检测仪。机器扫描之后,一张幻灯片指引我们需登上一辆上行车,编码是K127。门开了让我们通过,随后在我们身后又关上了,一个录音提醒道:"请注意脚下,并留意辐射警告。空天站对此门外的任何意外不负责任。"

达克在车上敲下了完全不同的编码,它掉了个头,选择了一条车道,带着我们在场地上行驶起来。我没关心它要去往哪儿,我已经放弃了。

我们从车上下来之后,它又回去了刚才来的地方。在我前面有一架梯子,它的一头消失在了顶上的不锈钢天花板里。达克推了我一下。"上去。"上面有一扇天窗,旁边有个标志写着"辐射区——最多停留13秒"。数字是用粉笔写上去的。我停了下来。我对是否有后代倒不是特别在意,但我不是个傻瓜。达克笑了笑说道:"穿上铅裤衩了吗?开窗,马上钻出去,沿着梯子进到飞船里。如果你不停下来挠痒痒,至少还能富余三秒钟。"

我相信我富余了五秒钟。我在阳光下爬了大约十英尺，然后进入了飞船上的一根长管道。一路上我都是跳着梯级爬的。

飞船显然很小，至少控制室相当狭小。我从没机会看到过它的外观。之前，我只乘坐过月球穿梭机伊文杰琳和她的姐妹船加百列，那次我鲁莽地接下了在月球上的任务，和其他人搭帮一起演出——我们的经理认为杂耍、走钢丝和其他杂技也能在月球的六分之一个重力加速度下同样出彩，要说道理也没错，但他没有给我们排练的时间来适应低重力。我不得不利用了"受困旅行者法案"才得以回来，并且失去了我的行头。

控制室里有两个人，其中一个躺在三张抗荷椅中的一张上，忙着操作仪表，另一个人在别扭的姿势下拧着一把螺丝刀。躺在椅子上的人看了我一眼，没说话。另一个人回过头，看着有些担忧。他对着我身后说道："乔克怎么了？"

达克的半个身子还在舱门外头。"没时间了！"他急促道，"你配平失去他的重量了吗？"

"莱德，可以起飞吗，塔台怎么说？"

抗荷椅上的人懒洋洋地说道："我每两分钟就计算一次。已拿到塔台的许可，再过四十——呃——七秒。"

"从椅子上起来！动作快点！时间不等人！"

莱德懒洋洋地从椅子上爬了起来，达克马上坐了上去。另外一个人把我推进了副驾驶的椅子上，并在我胸前系上了安全带。随后，他转身滑下了逃生管道，莱德跟在了他身后，却又停了下来，抻着脖子调皮地说道："请出示车票！"

"哦，妈的！"达克解开了安全带，伸手从口袋里掏出了那两张我们用来偷渡上船的证件，递给了他。

"谢谢，"莱德回应道，"再见，一路平安，不多说了。"他轻快地消失了。我听到空气闸门被关上了，耳膜因此而鼓了一下。达克没有回应他的告别，他的眼睛忙于注视各种计算机的按键，并做出了些调整。

"还有二十一秒，"他跟我说，"不会有倒数。确保你的胳膊保持在椅子内，全身放松。我们要去蜜月旅行了。"

我照他的要求做了。仿佛等了好几个小时，才感受到了突然向上的加速度。最后我说道："达克？"

"闭嘴！"

"只有一个问题：我们去哪儿？"

"火星。"我看到他的大拇指按下了一个红色的按钮，紧接着就晕了过去。

第二章

晕船有那么好笑吗？那些长着铁胃的傻瓜总是会嘲笑——我打赌他们看到老奶奶摔断了双腿也会笑。

我晕船了，在火箭停止喷射进入失重状态后就开始了。不过，我很快就没什么好吐的，因为我的胃几乎是空的——早饭后我就没吃过东西——然后苦苦挣扎在这个可怕的、望不到头的行程之中。我们花了一小时四十三分钟抵达了会合点，对于我这个地面动物来说，这短短的一个多小时相当于在地狱中的永恒。

不过，我还是得替达克说句公道话：他没有笑我。他是个专家，以一种职业的、飞船护士式的态度对待着我的正常反应——跟月球穿梭机乘客名单上那种脑袋空空、说话大声的讨厌鬼不一样。如果我能做决定，我会把那些自大狂扔在轨道上，让他们在真空里笑着死去。

尽管我脑袋里像在刮龙卷风，有一千个问题要问，但是在我们跟停泊在地球轨道上的一艘喷射飞船会合之前，我没有问问题的兴趣。我甚至怀疑，即便有人跟一个晕船者说他马上就要被处决了，他的回答也会是："是吗？你能帮我把那个呕吐袋拿过来吗，可以吗？"

终于，我感觉好些了，从十分想死挨到了有那么点想活下去。达克一直都在船上的通信机旁忙碌着，显然在用一个方向十分狭窄的通道联络，因为他的手一直在方向旋钮上微调，就像枪手在别扭的地方调整着握枪姿势。我听不到他在说什么，也无法读取他的嘴唇，因为他的整张脸都埋在了隆隆作响的机器里。我猜他在跟我们要与之会合的远程飞船通话。

当他把通信机推到一边，点上一根烟之后，我忍住了仅仅因为看到了香烟而引发的干呕，还是决定开口问问："达克，现在你可以跟我说一下整个故事了吧。"

"在去火星的路上，我们有的是时间。"

"啊？你别太自说自话了，"我无力地抗议道，"我不想去火星。要是我知道你这份鬼工作是在火星上，我肯定不会答应你的。"

"随便，你不一定要去。"

"啊？"

"气闸就在你身后。出去就是了，记得关门。"

我没有理睬他这个荒唐的建议。他继续说着："如果你无法在太空中呼吸，那最简单的办法还是去火星——我保证你会回来。'实现号'——就是这艘船——马上要跟'拼搏号'会合了，那是艘高加速度的喷射飞船。再过十七秒，我们就要像蚊子一样叮上它，然后我们就马上飞往火星——我们必须在周三之前赶到。"

我用病人式的焦躁与顽固抵抗着："我不想去火星。我就待在这艘船上。总得有人把它开回去吧。你骗不了我。"

"没错，"布洛德本特同意道，"但是船上没有你的位置。有三个家伙会上船——根据杰弗逊空天站的记录——他们现在都在'拼搏号'上。这是艘三人船，你应该注意到了。是否要给你腾出个位置？在这个问题上，恐怕你会发现他们不怎么好商量。还有，你回去后怎么过边检呢？"

"我不管！只要能回到地面就行。"

"回到监狱里还差不多，面临各种罪名，非法入境，擅闯太空，等等。至少他们会认为你涉嫌走私，他们会把你带到一个安静的小房间，把针插入你的眼球，找出你的目的。他们知道该问什么样的问题，而你却无法避而不答。不过，你赖不到我头上，因为老好人达克·布洛德本特已经很长时间没来地球了，还有可靠的证人愿意为他作证。"

我强忍着因恐惧和晕船而引起的恶心听他说完了。"你打算向警察告密吗？你这个肮脏的、卑鄙的——"我因为词穷而不得不停住了嘴。

"哦，不会！听着，伙计，你可能觉得我会揪住你的胳膊大叫警察——但我决不会这么做。但是，灵灵格瑞瑞尔的结对兄弟灵灵格拉斯肯定知道老'瑞瑞尔'进了那扇门却没再出来。他会放出风来。结对兄弟是一种我们永远都无法理解的亲密关系，因为我们不通过裂变来繁殖。"

我不关心火星人是像兔子一样繁殖，还是装在黑袋子里由鹳叼来的[1]。我跟他说，他这番话说得好像我再也回不去地球了。他摇了摇头："不会。交给我吧，我们会把你偷偷塞回去，就像把你偷偷带出来一样。最终，你会出现在来的那个空天站或其他空天站的外场，挂着身份牌，说你是个机械师，刚处理完某个突发事件——你身上还会穿着油乎乎的工装，拎着个工具箱，以

---

[1] 在西方传说中，新生儿是由送子鹳运送至父母家的。

增添故事的可信度。你是个好演员,肯定能演上几分钟的机械师吧。"

"嗯?那还用问,当然!但是——"

"那不就结了!你只要跟紧老达克就行了,他会照顾好你的。这次,我们总共动用了八个公会的兄弟让我潜入地球,再把我俩偷运出来。我们还能再来一次。不过没有船员帮忙,你不可能办得到。"他笑了笑,"每个船员的内心深处都是个自由贸易者,走私的奇妙之处在于我们每个人随时都准备互相帮忙,去善意地欺骗空天站的警卫。不过,公会外的人可得不到这种协作。"

我竭力压制住了胃里泛起的恶心,好好思索了一下他的这番话:"达克,难道这次也是走私吗?因为——"

"哦,不是!我们走私的不是货物,而是你。"

"我想说的是,我并不认为走私是种犯罪。"

"没人会这么认为,除了那些通过限制贸易获利的人。不过,这真的是个角色扮演任务,洛伦佐,你是合适的人选。我并不是跟你在酒吧偶遇的,你已被跟踪了两天。我一降落就直接去找你了。"他皱着眉头,"真希望能确定我的对手们跟踪的是我,而不是你。"

"为什么?"

"如果他们跟踪的是我，那他们只是想搞清楚我要干什么——这无所谓，因为事态已经很明朗了，我知道谁是敌人。但是，如果他们跟踪的是你，那意味着他们已知道了我的计划——找个能扮演这个角色的演员。"

"他们怎么会知道呢？除非你跟他们说了。"

"洛伦佐，这是件大事，比你想象中的要大很多。我自己也没能掌握全局——至于你，只有在必要的时候才对你透露最小限度的信息，是为你好。现在，我能跟你说的是：我们往海牙人口普查局的大型计算机里输入了一整套个人特征数据，计算机据此比对了每一个活着的男性演员。我们做到了尽量隐秘，但有人可能猜到了——说了些什么。比对的目的是寻找能完全匹配事主的演员，因为这份工作要求做到完美。"

"哦，计算机跟你说了我就是那个演员？"

"是的。你——还有另外一个人。"

要是我知趣的话，这种时候我该闭上嘴巴不再追问。但是，在此性命攸关的时刻——我真这么觉得——我必须问个清楚。我必须知道另外一个能在演艺上匹敌我天赋的人是谁："还有一个人？谁啊？"

达克打量了我一番。我能看出他的迟疑："呃……一个叫奥森·特洛布里奇的家伙。听说过他吗？"

"那个蠢蛋！"我气得都忘了晕船了。

"是吗？我怎么听说他是个很棒的演员？"

真让人气愤，竟然还有人考虑让奥森·特洛布里奇出演我被选中的角色。"那个只会挥手、话都说不清楚的家伙！"我没再往下说，因为我觉得选择忽视这位同行显得更为高雅——如果他称得上是同行的话。那个花花公子是个自恋狂——如果角色要求他去亲吻女士的手背，他会以暗中亲吻自己的大拇指来替代。装腔作势，假到家了——这种人怎么能演好角色呢？

然而，命运就是如此不公，他的忸怩作态给他带来了巨大的财富，而真正的艺术家却在挨饿。

"达克，我不明白你怎么会考虑他？"

"我们不想要他，他被某个长期合同绊住了，一旦他消失了，会引发怀疑和不便。幸运的是，你——呃，'刚好有空'。在你同意接下工作后，我已经让乔克通知别的小组停止与特洛布里奇接触。"

"正确的决定！"

"但是——你知道吗，洛伦佐，我得跟你说白了，你在这儿犹豫不决的时候，我已经让他们重新开始接触特洛布里奇。"

"什么？"

"你自找的，水手。你得明白，在我这个行业里，一旦有人签了合同要往木卫三送货，那他必须开着船送达，除非他死在了半道上。他不能在装货的时候打退堂鼓。你跟我说你接下了这个工作——没有'如果'和'但是'之类的——你就是接下了。几分钟之后出现了流血事件，你胆怯了。接着你又打算在空天站把我甩了。就在十分钟之前，你还咆哮着让我把你送回地面。你的演技或许比特洛布里奇更高明，我无从判断，但是，我们需要一个在关键时刻不会掉链子的人。我清楚特洛布里奇是个可靠的男人，所以如果我们能签下他，我们会用他来替代你。我们会付你钱，不再跟你说什么，直接把你送回去。明白了？"

我太明白了。达克没有使用那个词——我不确定他是否知道有这种说法——不过，显然他觉得我不是一个"老戏骨"。更让人无法接受的是，他的说法竟然有些道理。我无权愤怒，只能蒙受羞辱。在没有了解背景之时就接下了合同，我是个傻瓜——但是，我已经同意了接下这个角色，没有附加任何前提条件或是退出条款。现在，我却打算退出，就像是个怯场的业余演员。

"演出必须继续"是演艺行业最古老的信条。或许它没有哲学上的意义，但是人类的信条通常都无法用逻辑来证明。我的父亲遵守了这个信条——他曾经在阑尾炎发作时坚持完成了两场戏，最后他在鞠躬下台时被直接送进了医院。我能看到他的脸，用老戏骨式的鄙夷看着一个所谓的演员，这位演员让他的观众失望了。

"达克，"我真诚地说道，"非常对不起，我错了。"

他严厉地注视着我："你会做好这份工作？"

"是的。"我是认真的。接着，我突然想到了什么，让我觉得演好这个角色就如同让我演七个小矮人中的白雪公主一样行不通。"我是说——怎么说呢，我想做好，但是——"

"但是什么？"他轻蔑地说道，"又改主意了？"

"没有，没有！不过你说了我们要去火星。达克，我在扮演角色时，身边都围着火星人吗？"

"啊？当然。火星上还能有什么？"

"呃……达克，我受不了火星人！他们让我觉得不舒服。丑话说在前头——我并不想这么做——我可能会一下子就出戏了。"

"哦。如果你担心的是这个，没事。"

"啊？我就是有事啊，我忍不住。我——"

"我说了，'没事'。伙计，我们知道，在这种事情上你是个土包子——我们对你很了解。洛伦佐，你对火星人的恐惧非常孩子气、非常荒谬，就如同恐惧蜘蛛或蛇一样。好在我们预料到了这一点，并做好了准备。所以，没事。"

"好吧——没事。"我并没有完全信服，但是他说中了我的弱点。"土包子"——为什么这么说我？"土包子"是你才对！我住嘴了。

达克把通信机拉到了他身边，并没有用保密盒来打乱他的信息："蒲公英呼叫风滚草——墨迹计划取消。我们继续执行狂欢节计划。"

"达克？"他结束之后我问道。

"稍等，"他回应道，"马上要入轨了。对接可能会有点猛，为了节省时间，卡盘孔受得了这种冲击。所以坐好了，抓牢。"

确实有点猛。直到进了喷射飞船后，我才发现，比起冲击带来的恶心感，失重状态其实还是挺舒服的。然而，我们在失重下总共待了没超过五分钟。就在我和达克飘入船舱内时，三个要搭乘"实现号"的男人已经挤在了转乘平台上。接下来的几分钟非常混乱。我猜本质上我就是个地面人，因为一旦分不清哪是地板、哪是天花板之后，我很快就晕头转向了。有人在喊："他在哪儿？"达克回答说："在这里。"同一个声音接茬道："他吗？"仿佛他无法相信自己的眼睛。

"是的，是的！"达克回答道，"他化妆了。别担心，没事。快帮我把他塞进榨汁机里去。"

- 045 -

有只手抓住了我的胳膊，拽着我经过一条狭窄的通道进入了某个舱室里。顶着一面舱壁平放着两个铺位，也叫作"榨汁机"，形状类似浴缸，由液压驱动，能分摊压力，常用于高加速度的喷射飞船。我从没见过这东西，但是我们在那出"地球侵略者"的戏中用到过非常逼真的道具。

铺位后方的舱壁上贴着提示语："警告！！！未穿着抗荷服时最大加速度不得超过三个标准重力。本规定由——"在看完之前，我慢慢地飘到了看不见提示的角度。随后，有人把我丢进了榨汁机里。就在达克和另一个人忙着给我系上安全带时，近处有个喇叭响起了可怕的嘟嘟声。声音持续了几秒，随后出现了人声："红色警报！两个重力加速度！三分钟！红色警报！两个重力加速度！三分钟！"然后嘟嘟声又出现了。

一片忙乱之中，我听到达克焦急地问道："投影设置好了吗？磁带呢？"

"当然，当然！"

"带药水了？"达克扭头问了一句，接着又跟我说道，"是这样，水手，我们要给你注射药水。没事。部分的成分是抗荷药，剩下的是兴奋剂，因为你得保持精神背好台词。刚开始你的眼珠可能会觉得有点热，身上也可能会痒，但它是无害的。"

"等等，达克，我——"

"没时间了！我得去点火了！"在我能抗议之前，他转身离开了舱室。剩下的那个人撸起了我的左袖子，拿着注射枪抵住了我的皮肤，在我能做出反应之前就完成了注射。他也离开了。嘟嘟声又变成了"红色警报！两个重力加速度！两分钟！"。

我想辨别一下四周，但药物让我的感觉更加混乱了。我觉得眼球确实在发热，牙齿也是，沿着脊柱传来了难以忍受的刺痒。在安全带的束缚之下，我无法挠痒——同时也能防止在加速时扭断我的胳膊。嘟嘟声又停止了，这回传来的是达克那自信的男中音："最后一次红色警报！两个重力加速度！一分钟！停止活动，躺平——我们要点火了！"紧跟着出现的不再是嘟嘟声，而是埃克兹恩的《飞向星空》，C大调的第61交响曲，是颇具争议的伦敦交响乐团演奏的版本——定音鼓不断敲出震耳欲聋的循环。疲惫、困惑，加上被下了药，我对鼓点毫无感觉——雪上已无法加霜。

一条美人鱼游进来了。当然，没长着吓人的鱼尾，不过她看上去就是条美人鱼。我的眼睛重新聚焦之后，看到了一个穿着背心和短裤的年轻丰满的女人，头朝前游着，动作表明了她已习惯于失重。她瞥了我一眼，没有笑，躺进了另一个榨汁机里，并抓住了握把——她并没有费事去系上安全带。音乐已到了高潮，我感觉身体变沉了。

- 047 -

当你躺在一张水床上时,两个重力加速度还能忍受。榨汁机的表层皮肤将我紧紧裹住,为我提供了全方位的支撑。我只是觉得变沉了,呼吸有些困难。你应该听过那些驾驶员以十个重力加速度飞行、把自己毁了的故事,我毫不怀疑它们的真实性——不过,两个重力加速度,外加躺在榨汁机里,只是让你觉得有些疲倦、动作不便而已。

过了一会儿,我才意识到天花板上的喇叭在对我说话:"洛伦佐!你感觉怎么样,水手?"

"挺好,"开口说话让我有些气喘,"我们得在这里躺多久?"

"两天左右。"

我肯定是发出了哀号,因为达克嘲笑了我:"别叫了,娘娘腔!我第一次去火星花了三十七个星期,在整个椭圆轨道的航行期间每秒钟都处于失重状态。你走的是豪华线路,两个重力加速度下的两天而已——在掉头时是一个重力加速度,忘了说了。我们应该问你收费才对。"

我想跟他说,我觉得他的幽默跟屎一样臭,却想起了舱室内还有一位女士。我的父亲跟我说过,一个女人可以原谅任何行为,甚至包括暴力,但很容易被脏话所侮辱。我们这个种族最可爱的那一半习惯从表象下诊断——很奇怪,考虑到她们其实是非常实际的。不管怎么说，自从我最后一次挨了父亲的耳光之后，我决不会让某个禁忌词汇溜出我的嘴唇，因为它可能冒犯到女士的耳朵……父亲可能给了巴甫洛夫教授发现条件反射的灵感。

达克又开口了："佩妮！你准备好了吗，小辣椒？"

"是的，船长。"我身边的女人回答道。

"好的，给他布置作业吧。我这边忙完之后就下来。"

"没问题，船长。"她扭头看着我，用温柔沙哑的女低音说道，"卡佩克医生想让你放松，先看上几个小时的电影。要是有问题，你可以问我。"

我叹了口气："老天，总算有人来回答问题了！"

她没有睬我，而是费力地举起了一条胳膊，拨动了一个开关。舱室内的灯光熄灭了，声音响了起来，我眼前出现了立体的影像。我认出了其中的中心人物——整个帝国中的好几十亿公民都应该能认出他来——我终于意识到达克·布洛德本特彻底地、无情地把我玩弄了。

那个人是邦夫特。

大名鼎鼎的邦夫特——尊敬的约翰·约瑟夫·邦夫特阁下，前首相，反对党党魁，开拓主义联盟的首领——整个太阳系中最受爱戴（同时也是最受憎恨）的人。

- 049 -

我那受了极度刺激的大脑突然开窍了,得出了一个似乎符合逻辑的推测。邦夫特至少躲过了三次暗杀——新闻是这么说的。其中的两次看上去像是出现了奇迹。假如它们不是奇迹呢?假如它们都成功了,不过亲爱的邦夫特大叔当时并不在现场呢?

这种方式能消耗大量的演员。

·· ── 第三章

　　我从未卷入过政治。父亲警告我不得参与。"别卷进去，拉里，"他郑重地跟我说过，"如此获得的曝光率是坏的曝光率。观众不喜欢。"我也从未投过票——甚至在九八年的修正案使得流动人口（当然包括大多数的演艺人员）便于行使权利之后也未投过。

　　尽管我的政治嗅觉迟钝得可怜，我却异常讨厌邦夫特。我觉得他是个危险人物，极有可能是人类的叛徒。站在他的位置上等着被人暗杀，这想法——怎么说呢——是对我的侮辱。

　　话说回来，这种角色可是千载难逢！

我曾经在《年轻的鹰》¹中担任过主演，还在其他两出配得上恺撒英名的戏中出演过恺撒。在现实世界中出演这么个角色——尽管可能会让一个人替代别人上了断头台——这么一个机会，哪怕只有几个片段，也是每个演员的终极追求，可以创造极致完美的艺术。

我不禁开始推测先前那几个无法拒绝这种诱惑的同行都是谁。他们都是艺术家，这一点毋庸置疑——尽管永不为人所知是他们演出成功得到的唯一回报。我试着回忆前几次邦夫特遭暗杀的时间，又有哪几个能胜任此角的同行恰好在那时突然死了，或者销声匿迹。没啥线索，因为我对当代政治历史的细节并不清楚，更因为演员淡出舞台实在是太频繁了。即便对于最优秀的人来说，在这一行的发展也取决于运气。

我发现自己已开始深入研究起角色来。

我相信自己能胜任。不是我说大话，即便后台着火了，脚上踩着高跷，我依然能完成演出。首先，体形上没问题。邦夫特和我能互换衣服穿，起褶子的位置都会一致。这些诱拐了我的小小阴谋家太过注重体形上的相似了，要是缺乏艺术的支持，体形再怎么相似都没用——而且，如果演技到位，体形也不必太相

---

1 《年轻的鹰》：法国剧作家埃蒙德·罗斯丹（Edmond Rostand，1868—1918）所创作的戏剧，改编自拿破仑二世的生平，"小鹰"为拿破仑二世的绰号。

似。不过，我承认它确实也有点作用，他们在计算机上玩的蠢把戏挑中了一个真正的艺术家（完全出于运气！），而且他的身材和骨架就如同那位政治家的双胞胎兄弟一般。他的轮廓几乎和我的一样，甚至连双手都很修长，具有贵族气息——给手化妆可比脸难多了。

那条略有点瘸的腿，可能是某次暗杀的结果——简单！在看了他几分钟之后，我确信自己可以下床（当然是在一个重力加速度的情况下），以他行走的方式行走，而且心里不用刻意去想。他先挠挠锁骨、然后抚摸下巴的样子，每次开口说话之前不易察觉的微微抽搐——这些也不是问题，它们都映入了我的潜意识，如同水渗入了沙子。

需要指出的是，他的年龄比我大了十几二十岁。不过，出演一个比我实际年龄大的角色，比要我去演一个年轻的角色可简单多了。不管怎样，对于演员来说，年龄只是一种内在的态度，与新陈代谢的实际时间没啥关系。

我在二十分钟内就能替他出现在大会上发表演讲。不过，我理解这个角色对我的要求会高许多。达克暗示过，我必须骗过那些熟悉他的人，甚至需要在某些私下的场合表演。这把难度一下子就提高了。他的咖啡里要加糖吗？如果加的话，加多少呢？他用哪只手拿烟，又用什么手势呢？我找到了后者的答案，并深深植入了我的潜意识里。眼前影像叼烟的样子让我确信他曾使用火柴和老式卷烟多年，直到后来他不得不随大溜改吸新式卷烟。

最困难的莫过于人不是单一的个体。在每个认识他的人眼里，他都是不一样的个体——这就意味着，若要取得成功，扮演者必须在不同的"观众"面前做出改变，以不同的面目出现在他的每个熟人之前。这不仅仅是困难，简直是统计学上的不可能。小小细节就能坏了大事。你的角色和张三李四之间都有什么共同的经历？假如有成千上万个张三李四呢？扮演者怎么可能全都掌握？

就表演而言，和所有的艺术一样，是一个概括的过程，只需保留重要的细节。但是，要扮演一个真人，任何细节都是重要的。时间久了，吃不吃芹菜这种愚蠢的问题都会让你露出马脚。

然而，我想多了，我郁闷地意识到，我的表演只需持续到某个神枪手向我射出子弹为止。

当门打开，达克以他惯常的幽默喊道"有人在家吗"，我仍在研究着我要去替代的这个人（我还有其他事可干吗）。灯亮了，三维画面暗淡了，我仿佛被人从梦中唤醒。我扭过头，那个叫作佩妮的女人正吃力地从液压床上抬起头，达克双手抱胸站在了门口。

我看着他，惊奇地问道："你怎么还站得起来？"我意识中的一部分，也就是那个独立于我的专业部分，注意到了他的站姿，并在一个标着"如何在两个重力加速度下站立"的抽屉里存储了一份文档。

他冲着我露齿一笑："没什么大不了的。我穿了足弓撑。"

"噢……"

"如果你愿意，你也可以站起来。通常我们不鼓励乘客在大于一个半的重力加速度下离开铺位——很有可能哪个傻瓜会摔断他的腿。不过，有次我看到一个强壮的举重运动员在五个重力下还下床行走——他的身体因此废了。两个重力没问题——就像你肩膀上还扛着个人一样。"他瞥了眼那个年轻的女人，"跟他说明白了吗，佩妮？"

"他还没问过问题呢。"

"是吗？洛伦佐，我还以为你有一堆问题想问呢。"

我耸了耸肩："问不问都无所谓，反正我也活不了几天了。"

"嗯？你怎么了，伙计？"

"布洛德本特船长，"我苦涩地说道，"因为有女士在，我无法彻底地表达自己，因此我无法充分地讨论你的祖先、生活习惯、道德和最终安息地。挑明了吧，我知道了要扮演的那个人的身份，我看穿了你在玩的把戏。我只有一个问题：是谁想暗杀邦夫特？活靶子也有资格知道是谁想射自己。"

我第一次看到达克现出了吃惊的表情，随后他大笑了起来，笑得太厉害了，看样子快受不了现在的加速度了。他慢慢躺了下来，后背靠在了舱壁上，依旧在笑。

"我看不出有什么好笑的。"我气愤地说道。

他停住了笑声，擦着眼睛："拉里伙计，你真的以为我要让你做一个活靶子吗？"

"显然是。"我跟他说了有关前几次暗杀的推测。

他给我留了点面子，没有再笑出来："明白了。你认为这份工作跟中世纪王宫里的试吃者差不多。好吧，我们该跟你明说了，要不然你在演的时候心里老想着该死了，只怕会演不好。听着，我已经跟着头儿干了六年，在此期间，我确信他从未用过替身……话说，有两次他遭遇暗杀的时候我刚好在现场——其中一次我还射杀了杀手。佩妮，你和头儿在一起的时间更长。他用过替身吗？"

她冷冷地看着我："从来没有。你怎么会有这种想法，头儿会让别人替他承受风险？我应该扇你耳光，这才是我应该做的！"

"别在意，佩妮，"达克轻声说道，"你们两个都有事要做，你得配合他。还有，他的猜测也没那么傻，外人对我们不了解。顺便介绍一下吧，洛伦佐，这位是佩内洛普·拉塞尔。她是头儿的私人秘书，做你的头号教练再合适不过。"

"很荣幸认识你，小姐。"

"算我倒霉！"

"住嘴，佩妮，否则我打你的屁股——用两个重力加速度。洛伦佐，我承认扮演约翰·约瑟夫·邦夫特有一定的危险——我们都知道针对他的暗杀已经有好几起了。不过，我们担心的并不是这个。事实上，出于明显的政治因素，这次我们要对付的家伙们并不敢杀了头儿——或是在你扮演他的时候杀了你。他们不是善茬儿——你懂的——只要有机会，他们会杀了我，甚至会杀了佩妮。如果能找到你，他们也会杀了现在的你。但是，当你以头儿的面目出现在公众场合时，你却是安全的，因为他们无法承担杀了你的后果。"

他仔细地盯着我的脸："明白了？"

我摇了摇头："不明白。"

"没事，你会明白的。这里面很复杂，跟火星人的价值观有关。相信我就好了。在我们到达之前，你会搞明白这一切的。"

我还是不相信。这次，达克并没有说什么谎言——但是，他也可以通过刻意隐瞒一些事情来起到与撒谎相同的效果，我可是刚接受过教训。我说道："听着，我没有理由相信你，或是相信这位年轻的女士——请原谅我这么说，小姐。不过，尽管我不喜欢邦夫特先生，他确实以诚实著称，有时甚至诚实得过分。我什么时候能见到他？一到火星吗？"

达克那张讨厌的、喜洋洋的脸一下子笼罩上了愁云："恐怕不行。佩妮还没跟你说吗？"

"跟我说什么？"

"伙计，这就是我们要找人来扮演头儿的原因。他们绑架了他！"

我的头隐隐作痛，可能是因为两倍重力的关系，也可能是因为受到了太多冲击。"现在你知道了，"达克继续说着，"你知道为什么乔克·迪布瓦在你离开地面之前无法信任你。这是继首次登月之后爆出的最大的新闻，我们不幸赶上，只能尽最大的努力防止它泄露出去。我们希望在找到他之前能由你来替代。事实上，你已经开始了扮演。这艘船并不是真正的'拼搏号'，它是头儿的私人飞船和移动办公室——'汤姆·潘恩号'。'拼搏号'正环绕在火星轨道上，它的应答机发出的是这艘船的信号——那上面只有船长和通信官才知道这个秘密——与此同时，'汤姆'开足马力到地球接上了头儿的替身。摸着些头绪了，伙计？"

我承认自己还是没有开窍:"好的,但是——我搞不懂,船长,如果邦夫特先生的政治敌手绑架了他,为什么他们要保密呢?他们应该大搞宣传才对啊。"

"在地球会这么做。在新巴塔维亚会这么做。在金星会这么做。但我们对付的是火星。你听过青年凯凯凯格拉尔的传说吗?"

"嗯?恐怕没有。"

"你必须研究一下,它会让你明白火星人的价值观。简单来说,几千年之前,这个叫凯凯凯的小伙子应该按时出现在某地,以接受某种崇高的荣誉——类似于被加封为骑士。出于非他本人之过(从我们的观点来看),他没有按时到达。显然唯一的解决办法是把他杀了——根据火星人的准则。不过,因为他还很年轻,又取得了那么大的功绩,所以当时有些激进主义者争辩说应该再给他一次机会重新来过。凯凯凯格拉尔拒绝接受求情,反而坚持依法受刑,最后获准,被处死了。因此,他成了火星礼仪的守护神和象征。"

"他疯了!"

"是吗?我们不是火星人。他们是非常古老的种族,创造了涵盖一切情况的责任体系——你能想到的最伟大的形式主义者。跟他们相比,古代日本人那套'责任和义务'就像是无政府主义。火星人没有'对'和'错',而是代之以'符合规矩'和'不符合规矩',不近人情、不识变通,跟喝饱了抗荷液似的。问题是我们的头儿就要被青年凯凯凯格拉尔所在的巢穴收养了。你现在明白了吗?"

我还是不明白。在我看来,这位凯凯凯只不过是大基诺剧院[1]某出恐怖戏中更令人憎恶的角色。布洛德本特继续说着:"很简单。头儿应该是火星人习俗和心理学方面最出色的学生,他已经学了多年了。在当地时间周三中午,于索里湖将举行一场收养仪式。如果头儿出现了,按照步骤完成,一切都没问题。如果他没有出现——他为什么没出现无关紧要——那他在火星上的名声就毁了,从南极到北极的各个巢穴都会鄙视他——想建立行星间与种族间最伟大的政治联盟的努力将彻底失败。更糟糕的是,它还会波及其他方面。我猜测至少火星会脱离目前这种与帝国之间松散的关系。更有可能的是会发生报复行为,会有人类被杀——甚至火星上所有的人类。然后人类党中的极端分子会取得上风,火星会被武力带入帝国版图——在火星人都死光之后。这一切的起点就是邦夫特没能按时出席庆典……火星人对这种事情非常认真。"

---

[1] 大基诺剧院:一座位于巴黎的剧院,以自然主义的恐怖表演闻名。

达克离开了,就跟他来的时候一样突然。佩内洛普·拉塞尔又开启了投影。我忽然懊悔地想起,刚才忘了问他为什么我们的敌人不干脆把我杀了,因为这场政治阴谋的目的就是阻止邦夫特(要么是他本人,要么是他的替身)参加某种野蛮的火星庆典。怎么会忘了问呢——或许潜意识里我害怕听到答案。

不过,我很快又沉浸在了研究邦夫特之中,观察着他的动作和姿态,感受着他的情感,默念着他的语调。温暖的艺术创作感包围了我,我已然"换上了他的脸"。

画面换成了邦夫特身处一群火星人中间,他们用胳膊触摸着他,我一下子吓得出了戏。刚才我入戏太深了,甚至能感觉到他们——那气味真是难以忍受。我惊叫了一声,指着画面说道:"快把它关了!"

灯亮了,画面消失了。拉塞尔小姐在看着我:"你到底怎么啦?"

我喘匀了呼吸,控制住自己不再打战:"拉塞尔小姐——非常对不起——但是请不要再开了。我受不了火星人。"

她看着我,仿佛无法相信眼前的景象,但还是流露出了鄙视。"我跟他们说过了,"她缓慢而又轻蔑地说道,"这个荒谬的把戏不可能成功。"

"太对不起了,但我实在忍不住。"

她没有回应，而是笨拙地从榨汁机里爬了出来。在两个重力之下，她走路的样子不像达克那般轻松，不过好歹能对付。她没留下什么话就出去了，并关上了身后的门。

她没有回来，门是由一个坐在类似某种大婴儿车里的男人推开的。"你好啊，小伙子！"他大声说道。他有六十岁上下，略胖，表情温和。我不需要看他的学位证书就猜到了他是个医生。

"你好吗，先生？"

"很好。要是加速度低一些就更好了。"他低头看了眼绑着他的小发明。"你觉得我的轮椅服怎么样？不怎么好看吧？但它能降低我心脏的负担。自我介绍一下，我是卡佩克，邦夫特先生的私人医生。我知道你是谁。现在，能说一下你和火星人之间有什么问题吗？"

我努力解释了一番，尽量避免掺杂感情色彩。

卡佩克医生点了点头："布洛德本特船长本该跟我说一声，我就能改变课程的顺序了。船长是个能干的年轻人，但他的肌肉偶尔会跑在大脑的前面……他的性格非常外向，让人受不了。没事。斯麦思先生，你能允许我把你催眠吗？我以医生的名义向你保证，它只会用来帮你对付这个问题，我不会对你的个性做出任何调整。"他掏出了一只象征他这个职业的老式怀表，开始测我的脉搏。

我回答道:"我允许你把我催眠,先生,但是它没什么用。催眠对我不起作用。"我在出演精神病的那出戏时学过催眠术,但我的老师却从未成功将我催眠过。表现粗浅的催眠技巧对那出戏的成功十分有用,尤其在当地警察对执行医师协会限制我们的法律不怎么严格时。

"是吗?好吧,那我们只能尽量试一下了。现在,请放松,躺舒服点,我们来谈谈你的问题。"测完我的脉搏之后,他仍然拿着怀表,旋转着它,表链扭转着。我的头顶上方有盏阅读灯,怀表反射的灯光刚好照到我的眼睛。我想提醒他一下,但转念又觉得这可能是他紧张时的一种习惯,他也不是故意的,这点小事就没必要跟一个陌生人抱怨了吧。

"我放松了,"我向他保证,"随便问我什么都行。或是你们常用的自由联想法也行。"

"什么都别想,"他轻声说道,"两个重力让你觉得沉重,不是吗?我自己通常就这么睡过去。重力把血从脑子里抽出,让你觉得很困。他们又要开始加速了。我们得睡觉……我们变得很沉……我们得睡觉……"

我想跟他说最好把怀表拿开——否则它会从他手里甩出去的。然而我却睡着了。

当我醒来时,卡佩克医生躺在了另一张抗荷床里。"你好

"啊，伙计，"他跟我打了声招呼，"我在那台粗糙的婴儿车里待够了，决定在这里躺会儿，舒展一下我的身体。"

"呃，我们又回到两个重力加速度了？"

"嗯？哦，是的！我们在两个重力下。"

"对不起，我睡过去了。我睡了多长时间？"

"哦，不是很长。你感觉怎么样？"

"挺好。说实话休息得很彻底。"

"通常会产生这种影响。我说的是高加速度。想再看些照片吗？"

"当然，听你的，医生。"

"好的。"他伸出了手，舱室里又变暗了。

我以为他会给我看更多的火星人照片，还做好了准备，让自己不至于太惊恐。毕竟，在很多场合下我曾不得不假装他们并不在场，他们的影像应该不会影响到我——刚才我只是没做好准备。

火星人的立体影像真的出现了，有些是和邦夫特先生在一起，有些上面没有他。我发现自己可以专心地研究他们了，没觉得恐惧或是恶心。

突然间，我意识到自己喜欢上他们的样子了。

我发出了一声惊叹，卡佩克停止了放映："有问题吗？"

"医生——你把我催眠了！"

"你同意了。"

"但是我不可能被催眠。"

"很遗憾。"

"呃——你做到了。我还不至于蠢到察觉不出来。"我接着说道，"让我再看一遍。我真的不敢相信。"

他开启了放映机，我看着影像，心里在想着：要是抛开歧视的眼光，火星人其实并不恶心，他们甚至都不丑。实际上，他们具有某种古典的优雅，如同中国的宝塔一样。没错，他们的确没有人类的形体，但天堂鸟不也没有吗——天堂鸟是最可爱的活物了。

同时，我开始意识到他们的胳膊表现力很丰富。他们那笨拙的姿态就像是木偶表现出的笨拙的友好。我这才体会到，之前我在看着火星人时，一直戴着仇恨和恐惧的有色眼镜。

不过，我暗自揣测着，那种难闻的气味仍有待于习惯——随后我突然间意识到自己闻到了气味，千真万确——而且我一点都不讨厌！事实上，我喜欢这种味道。"医生！"我急切地说道，"这机器有气味释放装置，是吗？"

"嗯？应该没有吧。没有，我肯定——对于飞船来说这是种没必要的重量。"

"肯定有。我都闻到了。"

"哦，对了，"他看上去有些不好意思，"伙计，我对你做了点事，希望不会冒犯到你。"

"先生？"

"在我们挖掘你大脑里的内容时，我们发现你对火星人过敏主要是由他们的体味引起的。我没有时间做深入的解析，所以只能中和它。我向佩妮——就是那个刚才躺在这里的年轻人——要了点她用的香水。恐怕从现在开始，对你而言，伙计，火星人闻上去就像是巴黎的'欢乐之家'了。如果有时间，我会用些更亲切些的气味，像是熟草莓或是热蛋糕加糖浆。我只能将就了。"

我闻了一下，确实是一种浓郁昂贵的香水味道——而且，妈的，它真的是火星人的体味。"我喜欢这味道。"

"你喜欢得不行。"

"你肯定在这地方洒了一整瓶吧。到处都是香味。"

"啊？哪有。我只是半小时之前在你鼻子底下挥了几下瓶塞，然后把瓶子还给了佩妮，她带着它走了。"他抽了下鼻子，"气味已经消失了。'森林情欲'，瓶子上是这么写的。里面似乎加了很多麝香。我取笑佩妮说她打算让船员们的日子不好过，她还冲着我乐。"他伸手把立体画面关了。"这些东西就看到这儿吧。我想让你学些更有用的。"

当画面消失时，气味也跟着它们消失了，就跟真的有气味释放装置一样。我不得不迫使自己相信这些都只存在于我的想象之中，作为一个演员，我有辨别这方面真伪的能力。

几分钟之后，佩妮回来了，她身上的味道和火星人的一样。

我爱这种味道。

第四章

我继续在舱房（它是邦夫特先生的客房）里接受培训，直到飞船开始掉头。除了被催眠外，我没有睡过觉，也不觉得困。整段时间内，卡佩克医生或佩妮一直在陪着我、帮助我。幸运的是，我要扮演的对象留有大量的影像资料，可能是有史以来留有影像最多的人。而且，我还得到了他身边人的紧密配合。资料浩如烟海，问题在于我能吸收多少——无论在醒着时，还是在催眠中。

我不清楚从何时开始我不再讨厌邦夫特了。卡佩克跟我保证——我也相信他——他没有在催眠时植入这个暗示。我没有这么要求过他，也确信卡佩克极其注重医生和催眠师的伦理责任。我觉得这可能是角色扮演无法避免的伴生现象——如果我深入研究了角色，甚至都可能会爱上开膛手杰克[1]。这么来解释吧：要深入角色，你必须在一段时间内成为那个人，而一个人要么喜欢自己，要么会自杀，逃不出这两者。

"理解意味着原谅。"我开始理解邦夫特了。

在掉头的过程中，我们的确得到了达克保证过的一个重力。我们未曾失重过，哪怕一刻都没有。他们没有关闭发动机，我猜他们不喜欢这么做，而是做了一个达克称之为180度的转弯。整个过程中飞船都保持着动力，而且结束得也挺快，但它还是给人的平衡造成一种奇怪的感觉。这种影响有种专门的名称，是叫科里奥兰纳斯还是科里奥利效应呢？

我对宇宙飞船的了解十分有限，仅知道那些从行星表面起飞的配备有真正的火箭，但是宇航员们称它们为"茶壶"，因为它们喷射出的是蒸汽或氢气。它们并不被当作是真正的核动力飞船，尽管喷射流由一个原子堆加热。而远程飞船，如同这艘汤姆·潘恩号，则属于喷射飞船，是真家伙（他们是这么跟我说的），利用了E等于MC的平方，还是M等于EC的平方呢？你懂的——爱因斯坦发现的公式[2]。

1　开膛手杰克：19世纪伦敦最臭名昭著的连环杀手，曾引起当时英国社会的恐慌。
2　指爱因斯坦提出的质能等价理论，$E=mc^2$。

达克尽可能跟我解释了其中的原理，那些有此兴趣的人无疑会觉得非常有意思。但是，我无法想象一位绅士怎么会对这种东西感兴趣。我总觉得，每当这些科学怪咖忙着摆弄计算尺时，生活会变得更加复杂。以前的生活难道不好吗？

在处于一个重力下的两个小时里，我被搬去了邦夫特的舱室。我开始穿上他的衣服，扮上了他的脸，每个人都小心地称呼我为"邦夫特先生"或是"头儿"或是（如果是卡佩克医生）"约瑟夫"，出发点当然是为了帮我入戏。

每个人，除了佩妮……她就是不肯称呼我为"邦夫特先生"。她已尽了全力来帮我，但她就是过不了这个坎儿。再明显不过了，她是一个偷偷地、死死地爱上了自己老板的秘书，因此对我有一种深深的、毫无逻辑的却又自然的厌恶。这让我们两个都不好过，尤其在我觉得她很有魅力之后。如果一个男人身边总有个女人时刻蔑视着他，那他不可能发挥出最好的状态。然而，我无法对她蔑视回去，我深深地同情着她——也深深地烦恼着。

我们已经进入了预演，因为并不是所有在汤姆·潘恩上的人都知道我不是邦夫特。我并不清楚到底哪几个人掌握这个计划，只有达克、佩妮和卡佩克医生在场时，我才会被允许放松并提问。我几乎可以肯定，邦夫特的主任秘书华盛顿先生是知情人之一，但他从未显露出来。他是个瘦弱的黑白混血老头，紧绷着嘴，摆出一副圣人的表情。还有两个人肯定也知道，但他们都不在汤姆·潘恩上，而是在拼搏号上面待命和做些掩护工作，处理新闻稿和正常的文件往来等——比尔·寇斯曼，邦夫特的发言人，还有罗杰·克里夫顿。我不知道该怎么描述克里夫顿的工作。政治助理？你或许还记得，邦夫特在担任首相时，他是不管部长[1]，不过这也说明不了什么。用一句象征性的话来概括：邦夫特提出政见，克里夫顿提供支持。

这一小群人必须知情。要是还有其他人也知情的话，可能是因为需要对我保密。老实说，邦夫特的其他助理和汤姆·潘恩上的所有船员都知道有些不对头，他们并不知道到底发生了什么。很多人都看到我上了船——作为"本尼·格雷"。但当他们再次见到我时，我已经是"邦夫特"了。

不知是哪个有远见的人准备了真正的化妆用具，但我几乎没怎么用。在近处，妆容会露出痕迹，连硅胶都无法展现出真正的肌肤纹理。我只是用半永久颜料把自己的自然肤色降暗了几度，并在内心戴上了他的脸。我的确牺牲了大把的头发，卡佩克医生杀死了发根。我并不在意，一个演员总是能戴上假发——

---

[1] 不管部长：Minister without Portfolio，意为没有部门的部长。这个职位常出现于内阁制或半总统制国家。所谓"不管部"，并非真有一个名为"不管"的部门，而是指内阁阁员，但"不"去"管部"（专管某一个部门），叫做"不管部大臣"或"不管部长"，日本称"无任所阁员"。

而且，我相信这份工作肯定能让我挣一大笔钱，只要我愿意，可以马上退休。

另一方面，我有时会凄凉地想起，自己可能活不了多久了——有很多古老的格言都描述过，要是一个人知道得太多，那他可能就快死了。但是，说实话，我开始信任这些家伙了。他们都是好人——这也说明了邦夫特是个什么样的人，跟我通过听他的演讲和看他的照片得到的结论一样。我学到了，一个政治人物不是单独一个人，而是一个和谐的团队。如果邦夫特不是个正直的人，他就不可能拥有这群人围在他身边。

我最担心的还是火星人的语言。和多数演员一样，我学会了挺多的火星语、金星语、木星带语，等等，使我能在舞台上或是摄像机前装样子。但这些搅在一起的快速辅音十分难学。我感觉人类的声带不如火星人的气鼓有那么多功能，而且怎么说呢，用罗马字母的拼法来拟音，比如"凯凯凯"或"吉吉吉"或"瑞瑞瑞"等，跟真实的声音差别不小，就像班图语中发"努"这个音时，实际上需要往嘴里吸气并发出咔嗒声一样。实际上，"吉吉吉"听上去应该像是嘘嘘声才对。

幸运的是邦夫特没有学习其他语言的天赋——而我则是专业人员。我的耳朵很灵敏，我能模仿任何声音，无论是电锯锯到了木头里的钉子，还是下蛋的母鸡在窝里被惊扰到了。我只需像邦夫特一样说着糟糕的火星语就行了。他为了克服自己的短处付出了努力，他把每个学会的火星语单词和短语都录了下来，好让自己能改正错误之处。

因此，我学习了他的错误。投影机已搬入了他的办公室，佩妮就陪在了我身边操作仪器，答疑解惑。

人类的语言分成了四种类型：曲折语，比如英语；分析语，比如汉语；黏着语，比如古土耳其语；多式综合语，比如爱斯基摩语——当然，我们如今也加入了外星人的语法结构，例如结构随机、绝无重复的金星语，异常复杂，人类的大脑完全无法理解。好在火星语与人类的语言结构类似。基础火星语，也是他们的通用语，属于分析语，只含有最简单直接的语素——比如打招呼就是"我看见你了"。高级火星语属于多式综合语，非常系统化，对于他们那套复杂的奖惩机制中的每一种都有差异化的表达，对于邦夫特来说太难了。佩妮说他能轻松地看懂他们写下的那一行行蝌蚪文，却只能说上百来句的高级火星语。

兄弟，你真该来瞧瞧我是怎么学会模仿他说的那上百句话的！

佩妮承受的压力比我的更大。她和达克都能说些火星语，但是教导我的任务都落在了她身上，因为达克的大部分时间都花在了控制室里。乔克的死让他腾不出空来。在航程最后的几百万英里，我们将加速度降到了一个重力，在此过程中，他没有下来过一次。在佩妮的帮助下，我利用这段时间学习了收养仪式的礼仪规范。

我刚练习了一遍在接受了凯凯凯格拉尔巢穴收养之后需要发表的演讲——从实质上来说，它跟一个原教旨犹太教的男孩在成人礼上的演讲差不多，但是不能改一个字，就跟哈姆雷特的独白一样。我念了一遍，用上了邦夫特的错误口音和面部表情。念完后我问道："怎么样？"

"很好。"她严肃地回答道。

"谢谢，小卷毛。"这是我从邦夫特档案中的语言训练部分学来的说法。当邦夫特感觉放松时，他就会这么称呼她，我这么说完全符合角色。

"你再敢叫一遍？"

我带着诚意看着她，并回答道，俨然仍处于角色之中："怎么了，小佩妮？"

"你也不能这么叫我！你这个冒牌货！你这个骗子！你是个演员！"她跳起身，以最快的速度离去，旋即停在了门口，站在那里，背对着我，脸埋在手里，双肩因为抽泣而抖动。

我花了很大的力气才从角色里走了出来——把它放进了肚子里，让我自己走了出来，并用我自己的声音说道："拉塞尔小姐！"

她停止了哭泣，转过身来看着我，惊呆了。我仍用自己的声音加了一句："过来坐下。"

我还以为她会拒绝，然而她稍作思考之后，慢慢地走了回来并坐下了，双手放在了大腿上，脸上仍保持着倔强小女孩的表情。

我让她坐了一会儿，随后轻声说道："是的，拉塞尔小姐，我是个演员。难道因此你就能侮辱我吗？"

她保持着沉默。

"作为演员，我只不过在做好本职工作。你知道为什么。你也知道我是被骗进来的——早知道是进行这种表演，我是不会接下的，在我最疯狂的时候也不会。我讨厌这份工作，你讨厌由我来演，这么说吧，我讨厌的程度比你的要深得多——尽管布洛德本特船长说得轻松，我不是很有把握能活着演完这出戏——我还不想死。我的命只有一条。我也能猜到你为什么无法接受我。不过，你还有什么别的理由来给这份工作增添难度呢？"

她嘟囔了一句。我厉声说道："大声点！"

"因为这么做不诚实、不正派！"

我叹了口气："你说得对。而且，没有其他角色的全心配合,这出戏好不了。还是把布洛德本特船长叫下来吧,告诉他我们不演了。"

她猛地抬起头,说道:"不!我们不能这么做。"

"为什么?现在放弃还来得及,免得在正式演出时掉链子。你这个样子,我无法演好。承认吧。"

"但是……但是……我们必须演!必须!"

"为什么必须,拉塞尔小姐?政治原因?我对政治没有丝毫的兴趣——我也怀疑你对政治真的感兴趣。为什么我们必须演呢?"

"因为——因为他——"她没法接着说完,被抽泣打断了。

我起身走到她身旁,将一只手搭在了她的肩头:"我懂。因为如果我们不演,他多年来的心血就白费了。因为他自己无法完成,他的朋友们想替他完成。因为他的朋友们对他很忠诚。因为你对他很忠诚。然而,看到别人站在他的位置上,你难过了。此外,你还感觉悲伤,担心他的安全。是吗?"

"是的。"声音低得几乎听不见。

我托住了她的下巴,抬起她的脸:"我懂为什么你很难接受我取代了他。你爱他。但是,我做的一切都是为了他。成熟点,女人!你不该把我当成垃圾,不该让我的工作难度增添了六倍。"

她有点蒙了。我还以为她会扇我的耳光。然而，她却抽泣着说道："对不起。对不起，我不会再那么说你了。"

我放开了她的下巴，轻快地说道："那我们接着干活吧。"

她没有动："你能原谅我吗？"

"啊？没什么需要原谅的，佩妮。你那么说我，是因为你爱他，你还担心他。接着来吧。我需要做到完美——只有几个小时了。"我一下子又进入了角色。

她拿起一卷磁带，开启了投影。我先看完一遍，然后关上声音，但仍保留着立体影像，排练了一遍演讲，将我的声音——你知道是谁的声音——配合上移动的影像。她看着我，又看了看影像，脸上一副出神的表情。结束之后，我自己将投影关了："怎么样？"

"完美！"

我流露出他的笑容："谢谢，小卷毛。"

"不用谢——邦夫特先生。"

两小时之后，我们与拼搏号会合了。

罗杰·克里夫顿和比尔·寇斯曼刚从拼搏号上过来，达克就领着他们到了我的舱室。我看过他们的照片。我站起身说道："你好，罗杰。见到你很高兴，比尔。"我的声音既温暖又随意，表现出匆忙的地球之旅只不过是暂时分开了几天而已，符合

- 077 -

这些人的生活节奏。我瘸着走上前，伸出了手。此刻，飞船处于低加速状态，因为它正驶向一个比拼搏号低得多的轨道。

克里夫顿迅速瞥了我一眼，也进入了角色。他把雪茄从嘴里拿了下来，跟我握了下手，并轻声说道："很高兴见到你回来，头儿。"他是个小个子，秃头，中等年纪，看上去像是个律师和扑克牌好手。

"我不在期间，有什么事发生吗？"

"没有，一切正常。我把文书交给佩妮了。"

"好。"我转身看着比尔·寇斯曼，并对他也伸出了手。

他没有握住，而是把手掌放在了自己的屁股上，抬头看了看我之后吹了声口哨。"太妙了！我相信应该有机会能蒙混过关。"他上下打量了我一番，说道，"转个身，斯麦思。走几步。我想看你走路的样子。"

我觉得自己被冒犯到了，就像邦夫特在面对这种无礼的要求一样，而且我脸上还流露出了表情。达克碰了碰寇斯曼的衣袖，迅速说了句："别这样，比尔。你还记得我们的约定吗？"

"没事，"寇斯曼回答道，"这间屋子是隔音的。我只是想确认他真的能胜任。斯麦思，你的火星语怎么样？说两句？"

我用高级火星语中的一个多音节单词回应了他。它的大意是："我们中的某个人需要走开！"——但它的实际意思更复杂，是一种挑战，通常以某人的巢穴收到死亡通知书才终结。

我感觉寇斯曼没听懂，因为他笑了："看你的了，斯麦思，很好。"

但是，达克听懂了。他抓住寇斯曼的胳膊说道："比尔，住嘴。你在我的船上，这是命令。我们现在就正式开演了——每一秒都得在戏里。"

克里夫顿加了一句："对他尊重些，比尔，我们说好的要这么做。要不然可能会出错。"

寇斯曼瞥了他一眼，耸了耸肩。"好吧，好吧。我只是试探他一下——要知道这可是我的主意。"他对我假意笑了笑，说道，"你好，邦夫特先生，很高兴见到你回来。"

虽然他把太多的重音放在了"先生"上，我还是回应道："很高兴能回来，比尔。在我们降落之前，有什么特别需要提醒我的吗？"

"应该没有吧。仪式结束之后需要在戈达德市召开一场记者招待会。"我能感觉到他在盯着我，看我会有什么反应。

我点了点头："很好。"

达克迟疑地说道："哎，罗杰，你确定要开吗？有必要吗？是你召集的吗？"

"我还没说完，"寇斯曼看着克里夫顿接着说道，"船长就着急了。我可以出席招待会，告诉记者们头儿得了喉炎——或者我们可以规定记者预先提出书面问题，在收养仪式进行期间我可以替他把答案准备好。在见到他的形象和声音都这么接近之后，我想我们可以冒一下险。怎么样，邦夫特先生？能办到吗？"

"我觉得没啥问题，比尔。"我想着，如果我能骗到一群火星人的话，我也可以在一群人类记者面前进行即兴表演，只要他们愿意听就行。我已完全掌握了邦夫特演讲的风格，对他的政见也有了粗浅的理解——只要不用说得太具体就行。

然而，克里夫顿露出一副担忧的样子。就在他要开口之前，飞船的广播响了："请船长立刻前往控制室。还有四分钟。"

达克迅速说道："你们必须商量出一个解决办法。我要去指挥降落了——那上面没人帮我，只有小伙子爱泼斯坦。"他向门口跑去。

寇斯曼叫了一声："嘿，船长！我想跟你说——"他跟着达克也出了门，连再见都没说。

罗杰·克里夫顿上前关上了寇斯曼留在身后的门，接着回到了我身边，开口缓缓说道："你想冒险召开记者招待会吗？"

"你来决定吧，我服从安排。"

"嗯……我感觉还是开一个比较好——前提是我们用事先书面提问的形式。在你说出那些回答之前，我本人会亲自检查一下比尔的稿子。"

"很好，"我又加了一句，"如果你能提前十分钟左右给我答案，我这边就没问题。我学起来很快。"

他打量了我一下："我相信你——头儿。好吧，我会让佩妮在仪式一结束就把答案塞给你。你可以借口上洗手间，在里面做好准备。"

"应该没问题。"

"我也觉得是。呃，我必须承认，见到你之后，我感觉好多了。还需要我做什么吗？"

"不用了，罗杰。噢，有个问题。有什么消息吗——关于他的？"

"嗯？怎么说呢，既可以说有，也可以说没有。他仍然在戈达德市，我们很确信。他还没有被带离火星，甚至还没被带离这个国家。我们封锁了道路，防着他们这一招。"

"嗯？戈达德市不是个大地方，对吗？人口不超过十万？为什么找不到他？"

"问题在于我们不敢承认你——我说的是他——失踪了。收养仪式一旦结束，我们就能把你藏起来，随即宣布绑架案，就好像它刚发生似的——再让他们一寸寸地搜遍整个城市。城里的行政首脑都是人类党任命的，但他们必须配合——在收养仪式之后。这将是你见过的最真心实意的配合，因为他们必须尽快找到他，否则整个凯凯凯格拉尔巢穴会淹没这个地方，把它撕成碎片。"

"噢。我还在学习火星人的心理和习俗。"

"我们不都在学吗？"

"罗杰？嗯……你为什么认为他还活着？那些人为什么不干脆把他杀了，既能达到目的，又降低风险？"我龌龊地联想起了处理人类的尸体有多么简单，只要下手的人手段足够硬。

"我明白你的意思。但是，这又与火星人的'规矩'（他用的是火星语）有关。死亡是一种可接受的、无法履行责任的开脱。如果他被杀了，他们还是会在他死后收养他——然后整个巢穴，也可能是火星上的所有巢穴都会为他报仇。他们根本不在乎整个人类的命运——但是杀了这个人，用以阻止他被收养，那就完全是另外一回事了。责任与规矩——从某种方面来说，火星人对问题的反应是如此自然和直接，让人想起了本能。当然，这不可能是本能，因为他们具有高度的智慧。同时，他们也能做出可怕的举动。"他皱着眉头加了一句，"有时我真希望自己从未离开苏塞克斯。"

嘟嘟响起的警报声打断了我们的交谈,我们各自匆匆回到了自己的铺位。警报响起得正是时候,在我们刚进入失重时,来自戈达德市的穿梭机也到了。我们五个都下去了,刚好坐满了整个客舱——也是事先计划好的,因为领地专员想亲自上来接我下去,达克打消了他的念头,告诉他我们一伙人需要所有的座位。

在我们下降时,我想好好看看火星表面,因为之前我只瞥过一眼——从汤姆·潘恩的控制室里,当时我不得不装出一副老手的样子,不能表现得像是个好奇的游客。我并没有看到多少。在穿梭机驾驶员进入平飞之前,我们看不到什么;而当他进入平飞之后,我又忙着给自己戴上氧气面罩。

那个讨厌的火星式面罩差点让我们暴露了,我从未有过机会练习如何佩戴它——达克没想起来,我也没意识到这会是个问题。我曾在其他场合下穿过宇航服和水肺,我还觉得这次可能也差不多。差很远。邦夫特喜欢的是那种无须用嘴的型号,三菱公司出产的"甜美清风",直接往鼻孔里提供压缩空气——鼻夹加鼻塞,两根管子从鼻塞里伸出,绕到双耳后的压缩机里。我承认,一旦你习惯了使用,这是个很不错的装置,戴着它时,你还可以说话、吃饭、喝水,等等。但是,当时我情愿让个牙医把两只手都伸进我的嘴里。

真正的困难在于你必须有意地控制负责闭合你嘴巴后部的肌肉，要不然你会发出如同水壶般的呼吸声，因为这东西运作的原理基于压差。幸运的是，驾驶员在我们都戴上面罩之后将气压调成了与火星表面一致，这给了我差不多二十分钟的时间来练习。中间有一小会儿，我觉得事情败露了，就是因为一个小小的蠢玩意儿。我一直提醒着自己，我已经戴过这东西好几百次了，戴它就如同用我的牙刷一样自然。很快我就信了。

　　达克设法在我们下降的一个小时内避免了领地专员和我闲聊，但你不可能永远都躲着他。他在空天站等着迎接穿梭机。时间上的紧迫确实让我避免了应付其他人类，我得立刻赶往火星人的城市。这是个完美的借口，但是让我觉得奇怪，因为在火星人身边待着竟然比待在人类身边更安全。

　　更奇怪的是，我居然会身处火星。

第五章

专员布斯洛伊德先生自然是由人类党任命的,受任命的还有他手下的职员,但不包括行政部门那些技术雇员。达克跟我说过,至少有六成机会布斯洛伊德并未参与这场阴谋。达克认为他是个老实的笨蛋。基于同样的理由,达克和罗杰·克里夫顿认为吉洛迦首相也没有卷入其中。他们把阴谋算到了人类党中的秘密恐怖组织头上,这些人自称为"行动者"——他们代表了一些广受尊敬的富豪的利益。

至于我本人,我还是第一次听说有这个组织的存在。

然而,我们刚一降落,就发生了一件小事,让我怀疑布斯洛伊德并不像达克想的那样又老实又笨。尽管不起眼,但这样的事会让你的角色扮演露出马脚。因为我是个要客,所以专员得来迎接我;又因为我不在政府中担任职务,只是大议会中的议员,而且这次又算是私人旅行,所以没有官方的欢迎仪式。他只带来了几个随从,还有一个约十五岁的小姑娘。

我见过他的照片,对他的背景也相当了解——罗杰和佩妮跟我尽可能详细地介绍了。我握了手,关心了一下他的鼻窦炎,对他上一次给予我的热情款待表达了谢意,并以邦夫特擅长的那种男人对男人的温暖态度跟他的随从聊了几句。接着,我看着那个小姑娘。我知道布斯洛伊德有孩子,其中一个刚好是这个年纪和性别。我不知道——或许罗杰和佩妮也不知道——我以前是否见过她。

布斯洛伊德本人救了我:"你还没见过我的女儿迪尔德丽吧?她一定要跟着来。"

我学习过的照片都没能告诉我邦夫特是如何与小女孩打交道的——所以我只能凭感觉了——一个五十多岁的鳏夫,没有孩子,没有侄甥,可能与小女孩打交道的经验不多——但是与陌生人会面的经验却相当丰富。因此,我对待她的方式就好像她的年纪是实际的两倍。我轻轻吻了下她的手,她脸红了,看上去挺高兴的。

布斯洛伊德宠爱地看着她,说道:"好了,说吧,亲爱的。

你可只有这一次机会。"

她的脸更红了，说道："先生，我能问你要个签名吗？我学校里的女孩都在收集签名。我已经有吉洛迦先生的了。我想要你的。"她拿出了一本一直藏在身后的小本子。

我觉得自己就像是一个被查驾照的司机——驾照忘在了家里的一条裤子口袋中。我学习得很刻苦，但是没想到还要伪造邦夫特的签名。妈的，短短的两天半之内，你怎么可能照顾到所有的细节呢？

然而，邦夫特不可能拒绝这种要求——而我就是邦夫特。我欢快地笑着说道："你已经有吉洛迦的签名了？"

"是的，先生。"

"只是签名吗？"

"是的。哦，他还写了'祝福'。"

我冲着布斯洛伊德眨了眨眼："只有'祝福'，嗯？给女士至少要写上'爱你'。这么着吧——"我从她手里拿过小本子，翻着页。

"头儿，"达克急切道，"我们没时间了。"

"镇静，"我头也没抬说道，"如果有必要，为了这位年轻的女士，整个火星都要等。"我把本子递给了佩妮。"记下这个本子的大小，好吗？提醒我要送一张和它相配的照片——当

- 087 -

然，一定要附上我的签名。"

"好的，邦夫特先生。"

"满足你的要求了，迪尔德丽小姐？"

"太好了！"

"好。谢谢你问我要签名。我们可以出发了，船长。专员先生，那是我们的车吗？"

"是的，邦夫特先生，"他苦笑着摇了摇头，"恐怕你把我的一位家庭成员转变成了开拓联盟的追随者。简直轻而易举，不是吗？"

"给你一个教训，不要随便把她介绍给坏人——迪尔德丽小姐？"我又握了握她的手，"谢谢你来接我们，专员先生。恐怕我们得赶紧走了。"

"当然，很高兴见到你。"

"谢谢，邦夫特先生！"

"谢谢你，亲爱的。"

我缓慢地转身离去，不想让自己在录像中显得急躁或是紧张。周围有摄影师，拍摄着各种静态的和动态的图像，还有记者。比尔在阻止记者靠近我们。我们离去时，他挥着手说道："再见，头儿。"然后又回头跟其中的一个人说着什么。罗杰、达克和佩妮跟着我进了车。空天站里人很多，尽管不像地球上的那么多，但还是有很多人。我并不担心他们，只要布斯洛伊德能接受我这个角色就行——虽然在场的某些人肯定知道我不是邦夫特。

我不会让这些人烦扰我。他们不可能制造什么麻烦，除非想进监狱。

车子是台越野车，内部加了压，不过我还是继续戴着氧气面罩，因为其他人都这么做了。我坐在了右手边的座椅上，罗杰坐在我身旁，佩妮坐在他旁边，达克则在一张折叠座椅上委屈着大长腿。司机朝后车厢看了眼之后上路了。

罗杰轻声说道："我刚才挺担心的。"

"没什么好担心的。现在请大家安静，好吗？我想再温习一遍演讲。"

实际上我想欣赏火星的景色。我已经把演讲背得滚瓜烂熟了。司机带着我们行驶在平地的北缘，沿途经过了许多仓储。我看到了温维斯贸易公司、黛安娜拓荒公司、三行星公司和法本染料公司的招牌。眼前的火星人和人类一样多。我们这些地面人都认为火星人慢得跟蜗牛一样——在我们这个相对较重的行星上确实如此。在他们自己的地盘，他们的基座在地面滑行，如同石头在水面跳跃一般。

我们已驶离平地，大运河已近在眼前，目力所及之处，看不到头。我们的正前方是凯凯凯巢穴，仙境般的城市。我注视着它那玲珑之美，心都飞了起来，这时达克突然行动了。

我们早已驶离了仓储附近的车流，但正前方却出现了一辆车，朝着我们开来。我刚才看到它了，却没留意。但是，达克肯定一直在准备着应付突发状况。当那辆车离我们很近时，他突然一把压下了隔开了我们与司机的分隔屏，从后面给了司机脖子一拳，抢过了方向盘。我们先扭向右边，勉强躲过了那辆车，然后又扭向左边，差点掉下了路面。太危险了，因为我们已经离开了平地，现在高速公路是沿着运河延伸的。

几天前在艾森豪威尔时我帮不了达克什么，那时的我一来没有武器，二来也没料到会有麻烦。今天，我依然没有武器，无法成为所谓的杀手，但我表现得显然要好些。达克忙于在后座上探着身子操控车辆，司机已经从先前的突袭中恢复，现在正和他抢夺着方向盘。

我猛地向前用左胳膊挟住了司机的脖子，并用右手大拇指捅进了他的肋骨间。"再动就毙了你！"这声音属于《绅士窃贼》中亦正亦邪的主角，这句话也是他的台词。

司机很听话。

达克急切地说道："罗杰，他们在干什么？"

克里夫顿往后看了一眼，说道："他们在掉头。"

达克回应道:"好的。头儿,我要爬到前面去,你把枪一直顶着他。"他说话的时候就开始行动了。车内空间狭小,他的腿又长,因此显得很笨拙——他终于坐进了椅子里,高兴地说道:"我不相信在直路上有什么车子能追上我们。"他一脚踩下油门,车子往前猛冲。"什么情况,罗杰?"

"他们刚掉完头。"

"好的。该怎么对这家伙?把他扔出去?"

我的人质蠕动着说道:"我什么也没干!"我的拇指用力顶了一下,他安静了。

"哦,什么也没干,"达克学着他说道,眼睛始终盯着路面,"你只是想制造一场小车祸——只需让邦夫特先生迟到。要不是我注意到你减速了,怕撞得太凶,你可能就成功了。没胆了,嗯?"他拐了个小弯,轮胎在地面上发出尖叫,陀螺仪竭力控制着我们前进的方向。"情况怎么样了,罗杰?"

"他们放弃了。"

"好的。"达克没有放慢速度,我们的时速肯定超过了三百公里。"我在想他们会不会来轰炸这辆车子,车上还有他们的人呢。会吗,小子?他们会拿你当牺牲品吗?"

"我不懂你在说什么!你这么对我,会有麻烦的!"

"是吗?四个值得尊敬的人,对你一个有不良记录的人?

你甚至都可能是个黑户。不管怎样,邦夫特先生希望由我来驾车——因此你只是在帮邦夫特先生一个忙。"车子在光滑的路面上轧到了一个东西,类似涡轮杆大小,我和我的人质都撞到了车顶。

"邦夫特先生!"听上去人质像是在骂人。

达克沉默了几秒钟。最后他说道:"头儿,我觉得不应该放走这家伙。等你下车后,我们会把他带到一个安静的地方。我觉得通过适当的手段,他应该会说出些东西。"

司机想逃走。我对他的脖子多加了些力道,又用拇指捅了他一下。拇指给人的感觉可能不像是枪口的消音器——但谁又会去证实呢?他又老实了,绷着脸说道:"你别想给我打针。"

"老天,不会!"达克以震惊的口吻回答道,"那是非法的。佩妮,有发夹吗?"

"用来干吗?当然,达克。"她听起来很疑惑,我也是。不过,她听上去并不害怕,跟我不一样。

"很好。小子,你试过发夹插入指甲的滋味吗?他们说即使你被催眠了,也会被疼醒,因为这种疼会深入你的潜意识。唯一的麻烦就是受害人会发出不愉快的叫声,所以我们会把你带到沙漠中,你打扰不了任何人,除了蝎子。在你开口之后——现在才到了精彩的部分!在你开口之后,我们会放了你,不会对你做什么,让你走回到城里。听好了!如果你表现得不错,你会得到奖励,一只面罩,你可以在走路时戴上。"

达克说完了。有那么一阵子,车内没有任何动静,只有火星上稀薄的空气吹过车顶的声音。不戴氧气面罩,一个人在火星上大约可以走上两百码,前提是他的身体条件得足够好。我确信自己读到过一个故事,有人在死之前曾走了足有半英里。我瞥了一眼里程表,发现这地方离戈达德市差不多有二十三公里。

司机缓慢地说道:"真的,我什么也不知道。有人付我钱,要我撞车而已。"

"我们会想办法刺激你的记忆。"火星人城市的大门就在前面了。达克开始放慢车速:"你在这儿下车,头儿。罗杰,拿出你的枪,把头儿从我们的客人身边替换出来。"

"好的,达克。"罗杰挪到了我身边,捅在了那人的肋骨间——还是用拇指。我给他腾开了地方。达克刹住了车,停在了大门跟前。

"提前了四分钟,"他高兴地说道,"真是辆好车。它要是我的就好了。罗杰,往旁边挪挪。"

克里夫顿挪开了少许,达克用掌缘专业地砍在了司机的脖侧,那人晕了过去。"这样,你下车时他就不会发出动静了。在巢穴的眼皮底下,不能出任何差错。对一下时间。"

我们对了时间。离截止时间还有三分半钟。"你得分秒不差地进去，明白吗？不要提前，也不要迟到，要分秒不差。"

"对。"克里夫顿和我异口同声答道。

"走到门口大约花三十秒。剩下的三分钟你打算怎么过？"

我叹了口气："好好喘几口气。"

"你没问题的。刚才你就没露出任何破绽。放松，伙计。再过两个小时你就踏上回家的路了，口袋里塞满了钞票。站好最后一班岗。"

"尽量吧。还挺紧张的。呃，达克？"

"什么事？"

"耽搁你一小会儿。"我下了车，示意他跟我走出了一小段，"如果我在这儿犯了错误，会有什么后果？"

"嗯？"达克没料到我会这么问，不禁笑出了声，"你不会犯错的。佩妮跟我说过你准备得很完美。"

"是的。但万一我犯错了呢？"

"你不会的。我懂你的感觉。我第一次独自着陆时也有这种感觉。但一旦着陆开始，我就忙着操作，没时间犯错。"

克里夫顿喊了一声，在稀薄的空气中他的声音听起来很单薄："达克！注意时间。"

"盯着呢。还有一分多钟。"

"邦夫特先生！"这是佩妮的声音。我转身往车子走去。她下了车，并伸出了手："祝你好运，邦夫特先生。"

"谢谢，佩妮。"

罗杰也和我握了手，达克则拍了拍我的肩膀："还有三十五秒。你该去了。"

我点了点头，走上了门前的坡道。我走到坡顶的时间应该离约定时间差了不到一两秒，因为在我走到的同时，巨大的城门正在开启。我深吸了一口气，骂了句该死的氧气面罩。

接着，我登上了舞台。

这跟你做了多少次无关，每回首场演出，当幕布拉起时，你总会忘了呼吸，心跳也仿佛停了。当然，你知道你的戏。当然，你从经理那里已了解了观众人数。当然，你已经轻车熟路。这些都没用——当你第一次走出去，知道那么多双眼睛在看着你，等着你说话，等着你做动作——甚至可能在等着你忘词，兄弟，就是这种感觉。这就是他们配提词员的原因。

我朝里面看去，看到了我的观众，我想逃跑。三十年来，我第一次怯场了。

我的目力所及范围之内，遍布着巢穴里的兄弟们。在我的前方有一条敞开的通道，两旁各站了好几千人，簇拥着，如同一根根芦笋。我知道首先要做的是缓步行走在通道的中央，一直走到尽头,那里是通往内巢的坡道。

我无法移动。

我跟自己说道:"听好了,伙计,你是约翰·约瑟夫·邦夫特。你来过这地方十几次了。这些人是你的朋友。你来这儿是因为你想来这儿——而且他们也想你来这儿。沿着通道往前走吧,一二一!新郎官来了!"

我又找到了邦夫特的感觉。我是邦夫特大叔,一定要做好这件事——为了我们人类的荣誉和幸福——也为了我的火星人同伴。我深吸了口气,迈出了第一步。

深呼吸救了我。它带来了天堂般的气味。成千上万的火星人挤在一起——对我而言,就像是有人在我面前打碎了一整瓶的森林情欲。气味如此真切,我不禁回头看了一眼,看佩妮是否也跟着我进来了。我甚至能感觉到她掌心的温暖。

我开始瘸着走向通道深处,保持着步速,跟火星人在自己的行星上行走的速度一样。人群在我身后聚拢起来。偶尔会有小孩子离开身边的大人滑到我前面来。我说的"小孩子"是指裂变之后的火星人,只有成年人一半的重量,比成年人身高的一半要高一些。他们从来不会离开巢穴,我们也经常会忽略火星人中也有小孩子。在裂变之后,差不多要花五年时间,一个火星人才能再次恢复到成年态,脑功能完全恢复,记忆也全部拾回。在变身期内,他就跟个傻子似的。裂变、基因重组和之后的再生让他长时间无法独立。邦夫特的文件中有这方面的讲座,里面还有画质一般的非专业立体影像。

这些快乐的傻小孩无须遵守任何规矩,他们深受宠爱。

其中的两个,都属于体形最小的,在我看来长得也一样,滑出人群后停在我前面不动了,就像是两个车流中的小狗。我要么停下,要么只能撞上他们。

所以我停下了。他们又挪近了一点,完全挡住了我的去路,伸出了胳膊,相互吱吱地叫着些什么。我完全听不懂他们在说什么。很快,他们拉住了我衣服的下摆,圆饼状的手掌伸入了我的袖袋中。

人群太紧密了,我无法绕开他们。我处在一个两难境地。首先,他们太可爱了,我不禁后悔没在口袋里揣上几颗糖给他们——但是,更要命的是我知道收养仪式的计时如同子弹般精准。如果我不继续沿着此路前进,我将犯下违背规矩的经典罪行,跟著名的凯凯凯格拉尔本人所犯过的一样。

然而,这两个孩子并不打算让路。其中的一个找到了我的手表。

我叹了口气,香水的味道令我陶醉。随后,我做出了一个大胆的决定。我打赌亲吻孩子应该是全宇宙通行的做法,在它面前,甚至连火星人的各种规矩都会变得柔软。我单腿下跪,让自己差不多跟他们一般高,爱抚了他们一番,拍了拍他们,并抚摸了他们的鳞片。

随后,我站起身,小心翼翼地说道:"好了,我必须走了。"——差不多用完了我整个的火星通用语库存。

孩子依然缠着我,我轻轻地把他们抱到一边,沿着通道继续前行。为弥补失去的时间,我加快了脚步。没人用法杖给我的后背开洞。我希望刚才那不符规矩的行为还构不成死罪。终于,我来到了通往内巢的坡道,并走了上去。

****

这一行星号代表了收养仪式。为什么?因为它仅限于凯凯凯巢穴的成员。它是家庭内部事务。

这么说吧:一个摩门教徒可能会有亲密的异教徒朋友——但是,友谊能让这位朋友进入盐湖城圣殿[1]吗?从来没有,将来也不可能。火星人频繁地来往于不同的巢穴之间——但是,他进不了其他家族的内巢,只能进自己的,甚至连他的结对配偶们

---

1 位于摩门教总部盐湖城,是总会会长团和十二使徒定额组每周的会议地点。在摩门教中有着至高无上的地位。

都只能进原生家族的内巢。我没有权利告诉你们收养的过程,就像共济会的兄弟无权透露仪式的细节一样。

哦,粗略的概述应该无妨,因为对于所有的巢穴来说都差不多,而且我所经历的应该和其他被收养者都雷同。我的担保人——邦夫特最老的火星朋友,凯凯凯恩瑞斯——在门口迎接我,并用他的法杖威胁我。我要求,如果他发现我有任何违规的地方,他可以结束我的性命。说实话,我没认出他来,尽管我研究过他的照片。但一定就是他,因为仪式是这么规定的。

在我起誓维护母亲、家庭和社会道德,并且从未缺席过主日学校之后,我被允许进入了。凯凯凯恩瑞斯带着我到了每个人面前,他们都向我提问,我也一一回答。每个词、每个动作都像中国的传统戏剧一样程式化,否则我根本不会有机会。多数时间我不知道他们在说什么,一半的时间我也搞不懂自己的回答。我只是知晓自己的走位和台词。火星人喜欢的昏暗环境更是雪上加霜,我就像只蛾子似的到处摸索。

我曾经和霍克·曼特尔一起演出过,就在他死前不久,那时他已经聋了。真是个老戏骨!他甚至都无法用助听器,因为神经都死了。部分时间他可以读唇语来确定自己开口的时间点,但并不总是行得通。他本人导演了整出戏,将进程控制到了极致。我看到他说了一句台词,走开——然后转身,接上了一句自己根本听不到的台词，分秒不差。

我做的就跟他一样。我知道自己的戏，我演好了。如果他们出错了，那是他们的问题。

不过，自始至终都最少有六根法杖对着我，让我觉得压力很大。我不断安慰自己，他们不会因为一个小差错就把我杀了的。毕竟，我只是一个可怜的人类笨蛋，看在我这么努力的分上，他们至少会让我及格吧。然而，我并不相信。

感觉在过了漫长的好几天之后——其实不然，因为整个仪式的用时刚好是火星自转一圈用时的九分之一——在过了无休止的时间之后，我们开始用餐。我不知道吃的是什么，但他们没有下毒。

之后，所有的长老都发言了，我也做了收养演讲，然后他们给了我名字和法杖。我是个火星人了。

我不知道如何使用法杖，而且我的名字听上去像是个漏水的龙头，但从此刻开始，它就是我在火星上的法定名字了，我也合法成为此行星上最高贵家族的血亲——离那个地面人花了他最后的半块钱在明日之家酒吧给一位陌生人买了杯酒仅过去了五十二个小时。

我猜这证明了谁都不要随便和陌生人搭讪。

我以尽可能快的速度出来了。达克为我准备了一个托词，我借故要求马上离开,他们让我走了。我如同藏在姐妹会楼上的男人一样紧张,因为此时已没有步骤指导我该如何行动。我的意思是,他们的日常行为也必须遵守严格的惯例,我却不知道惯例是什么。所以我背诵完托词就往外走去,凯凯凯恩瑞斯与另一位长老跟我走在一起,半道上我又冒险逗了逗另一对小孩——或者也可能是同一对。我走到城门口,两个长老用蹩脚的英语跟我说了再见,然后让我独自走出了城门。门在我身后关上了,我的心终于又回到了胸腔。

车子就在我下车的地方等着。我快步走下坡道,车门开了,我惊奇地发现车里只有佩妮一个人。惊喜可能是种更准确的说法。我喊了一声:"你好,小卷毛!我成功了!"

"我知道你肯定会成功。"

我用法杖行了个佩剑礼,说道:"请叫我凯凯凯杰杰杰恩。"——在发第二个音节时口水把前排座椅都喷湿了。

"小心那玩意儿!"她紧张地说道。

我坐到了她身旁,问道:"你知道这东西怎么使吗?"演出已经结束,我感觉既疲惫又兴奋。我想赶快喝上三杯,再来块大牛排,然后等着听鉴赏家的评论。

"不知道。你当心点就是了。"

"我猜你只要按这里就行了。"说完之后我按了,然后挡风玻璃上出现了个光滑的两英寸大小的洞,车子再也无法保持加压了。

佩妮惊呼了一声。我说道:"老天,对不起。我这就放下它,让达克教会我怎么用之后再说。"

她咽下了一口唾沫。"没关系。小心你对准的方向就好。"她发动了车子,随后我发现达克并不是唯一一个喜欢狠踩油门的人。

风从我制造的洞里刮了进来。我说道:"干吗这么着急?我需要时间学习记者招待会的台词。你带来了吗?其他人都去哪儿了?"我完全忘了那个被我们抓了的司机。巢穴的大门打开之后我就再也没想到过他。

"没带。他们来不了了。"

"佩妮,怎么了?发生什么事了?"我还在想着,如果没有学习的话,我是否能应付记者招待会。或许我可以跟他们说一下收养的事,至少在这件事上我不用去编。

"是邦夫特先生——他们找到他了。"

第六章

我这才注意到她还没叫过我一次"邦夫特先生"。她当然没法叫,因为我不再是他了。我又成了洛伦佐·斯麦思,一个他们雇来扮演他的演员。

我靠在椅背上叹了口气,放松了下来。"终于结束了——我们做到了。"我感觉卸下了重担,直到此刻我才意识到它有多重。甚至连我的"瘸腿"也停止了疼痛。我伸手拍了拍佩妮放在方向盘上的手,以我自己的声音说道:"很高兴都结束了,不过我会想你的,伙计。你也是个老戏骨。但即便是最好的戏也有结束的时候,最好的剧团也会解散。希望能再次碰到你。"

"我也希望。"

"我猜达克已经准备好什么计划了吧,把我偷偷送回到汤姆·潘恩上?"

"我不知道。"她的声音有点奇怪,我迅速瞥了她一眼,发现她在哭。我的心荡了一下。佩妮在哭?因为我们要分开了?我不相信,但我又想相信。有人可能会觉得,凭借我英俊的相貌和得体的礼仪,女人很容易喜欢上我,但现实却很残酷,她们中的大多数都很容易就拒绝我。佩妮显然是其中之一。

"佩妮,"我着急道,"为什么哭,嗯?你会撞车的。"

"我忍不住。"

"好吧,跟我说说。怎么了?你告诉我他们找到他了,还有什么事吗?"我突然产生了一个可怕却又符合逻辑的想法,"他还活着——是吗?"

"是的——他还活着——但是,哦,他们伤害了他!"她开始放声大哭,我不得不抓住了方向盘。

她很快控制住了自己:"对不起。"

"想要我来开吗?"

"我还行。而且,你不懂怎么开——我的意思是'你'应该不会开车。"

"啊?别傻了。我会,而且我也没必要——"我还没说完,就意识到了可能还是有必要。如果他们折磨了邦夫特,在他身上留下了痕迹，那他就不可能马上出现在公众面前——至少不可能在被凯凯凯巢穴收养之后的十五分钟内。或许，我仍得参加那个记者招待会，然后在公众面前离开，而邦夫特才是需要被偷运上船的人。好吧，没问题——比谢幕难不了多少。"佩妮，达克和罗杰想让我继续扮演一阵子吗？需要在记者面前演吗？还是不需要？"

"我不知道。当时没时间说这些。"

我们已经接近了平地上的一排仓库，戈达德市巨大的穹顶也出现在了视野里。"佩妮，放慢车速，跟我好好说。我必须掌握剧本。"

那个司机开口了——我没打听他们是否真的用了那个发夹把戏。然后他被放走了。他走了回去，戴着氧气面罩。他们则飞速回到了戈达德市，达克开的车。我庆幸没和他们一起，应该禁止宇航员驾驶任何车辆，除了飞船以外。

他们去了司机给的地址，就在最早的那个穹顶下的老城区里。我感觉那地方就像是每个港口都会有的丛林地带，自打腓尼基人在北非沿岸行驶[1]时就有了，一个偷渡者、妓女、小偷和毒贩这些渣滓用来藏身的地方——连警察去这种地方都必须结伴

---

1 指公元前14、15世纪，擅长航行经商的腓尼基人在北非大规模建立殖民地。

而行。

他们从司机嘴里撬出的信息是准确的,只是晚了几分钟。房间显然关过囚犯,因为那里有一张床,看上去至少用了一个星期;有一壶咖啡,仍然是热的——架子上的毛巾里裹着一副老式的假牙,克里夫顿认出那是邦夫特的。但是,没看到邦夫特本人,也没看到任何看守。

他们马上离开了,决定继续执行原计划,即宣布在收养仪式结束之后,邦夫特遭到了绑架,并威胁要向凯凯凯巢穴申诉,以此给布斯洛伊德施压。但是,他们在街道上刚巧碰到了邦夫特,就在他们要离开旧城之前——像是个可怜的酒鬼,一个星期没刮胡子,浑身脏兮兮的,晕头晕脑的。那几个男的没有认出他来,但是佩妮认出来了,把他们叫住了。

说到这儿,她又哭出了声,我们差点撞上了一辆货运列车。

一个合理的推测是第二辆车里的家伙——那辆想撞翻我们的车——把情况汇报了上去,然后我们这位隐身的大对头认为绑架不再起作用了。尽管达克他们跟我解释过,我还是觉得他们没杀了他挺出乎意料,直到后来我才意识到他们的做法更巧妙,更符合他们的目的,而且比简单地杀了他更残酷。

"他在哪儿?"我问道。

"达克带他去了三号穹顶的宇航员酒店。"

"我们要去那里吗?"

"我不知道。罗杰只是让我接上你,然后他们就进酒店了。哦,不,我们不能去那里。我不知道该怎么办。"

"佩妮,停车。"

"啊?"

"车里肯定有电话吧。在做好下一步计划之前我们哪里都不去。现在,我只能确定一件事情:我要继续扮演,直到达克或罗杰告诉我该退出了。必须有人去见记者,还得有人在众人面前登上汤姆·潘恩。你确定邦夫特先生本人能做到吗?"

"什么?哦,不可能。你还没见到他的样子。"

"是没见到。我相信你说的。好吧,佩妮,我又是邦夫特先生了,你是我的秘书。我们最好进入状态。"

"好的——邦夫特先生。"

"现在,请给布洛德本特船长打电话,好吗?"

我们没有在车内找到电话簿,她不得不先打给了查号台,然后电话接通到了宇航员酒店的俱乐部。我能听到里面传来声音:"宇航员俱乐部,我是凯莉夫人。"

佩妮捂住了话筒:"我要报自己的名字吗?"

"照直说吧,我们没什么好藏着的。"

"我是邦夫特先生的秘书,"她严肃地说道,"船长在吗？布洛德本特船长。"

"我认识他，亲爱的。"然后是一声大喊，"嘿！你们这些抽烟的，看到达克去哪儿了吗？"等了一会儿，她接着说道，"他回房间了。我通知他。"

很快，佩妮又开口了："船长？头儿要跟你说话。"她把电话递给了我。

"我是邦夫特，达克。"

"哦。你在哪儿——先生？"

"还在车里。佩妮接上我了。达克，比尔还安排了一场记者招待会，别忘了。在哪儿？"

他迟疑了一下："很高兴你打电话来，先生。比尔取消了记者会。情况有——有些小变化。"

"佩妮已经告诉我了。我觉得挺好。我累了，达克，我决定今天就不待在地面上了。我的坏腿一直在找我的麻烦，真希望能在失重下睡个好觉。"我讨厌失重，但邦夫特不讨厌，"你或者罗杰替我和专员打声招呼，可以吗？"

"我们会打理好一切的，先生。"

"好。多快你能给我安排一艘穿梭机？"

"精灵号仍在等着你，先生。请你去三号门，我会通知他们安排车辆接你上机。"

"非常好。再见。"

"再见，先生。"

我把电话交给了佩妮，她把它挂上了。"小卷毛，我不确定电话有没有被监听——甚至车上都有可能安了窃听器。要真是这样，他们就掌握了两件事情——第一是达克在哪儿，第二是通过他在哪儿，知道了我要去什么地方以及接下来要干什么。你怎么看？"

她想了一下，随后掏出了她的秘书小本子，在上面写道：把车丢了。

我点了点头，并从她手里拿过了本子，写道：三号门离这里有多远？

她回应：走路就能到。

我们静悄悄地从车里爬了出来，离开了。车子被留在了某个仓库外的贵宾停车位上，它肯定会及时被送回到它应当属于的地方——这些细枝末节我就不去关心了。

走了大约五十码后，我停了下来。有什么东西引起了我的注意。肯定不是天气。太阳照耀在火星紫色天空的正当中，几乎称得上暖和。周围的人群，无论是开车的还是走路的，都没留意到我们，或者说是给予了漂亮女士那种正常的留意，而不是冲着我来的。然而，我就是觉得不对劲。

"怎么了，头儿？"

"嗯？这才是不对头的地方！"

"先生？"

"我没有在当'头儿'。就这么溜走显然不符合角色。往回走吧，佩妮。"

她没有争论，跟着我回到了车旁。这次我坐到了后排，摆出一副尊贵的模样，让她载着我去了三号门。

这不是我们进来时使用过的大门。我想达克挑了这地方的原因，是因为这里的乘客较少而货物更多。佩妮没去管指示牌，而是直接将车子开到了大门口。一个空天站警察想拦住她，她只是冷冷地说了句："邦夫特先生的车。你可以给专员办公室打电话。"

他先是面露难色，随后瞥了眼后排，似乎认出我了，敬了个礼，说我们可以留下。我用一个友好的挥手回应了他。他为我开了车门。"中尉非常在意围墙里的场地需要清空，邦夫特先生，"他抱歉道，"不过你应该没问题。"

"你可以马上把车挪走，"我说道，"我和我秘书这就出发了。我的交通车来了吗？"

"我去登船口看看，先生。"他离开了。有这个目击者就足够了，他能证明"邦夫特先生"乘着官方车辆来到了这里并登上了他的飞船。我将法杖夹在了胳膊下面,如同拿破仑的权杖,瘸着腿跟在他身后,佩妮走在最后。警察和登船门负责人说了几句,然后快步跑向我们,笑着说:"交通车已经在等着了,先生。"

"非常感谢。"其实我是在庆贺自己对时间的掌握恰到好处。

"嗯……"警察看上去有些激动,他低声急促地说道,"我也是个开拓主义者,先生。你今天做得棒极了。"他敬畏地看了法杖一眼。

我知道邦夫特在这种情况下会怎么做:"谢谢。希望你能儿孙满堂。我们需要团结更多的人。"

他夸张地大笑了起来:"说得好!我能对别人引用这句话吗?"

"当然可以。"说话间我们已经走到了登船门,我开始往门里走去。大门负责人碰了碰我的肩膀:"呃……护照,邦夫特先生。"

我自信自己脸上的表情并没有任何变化:"护照,佩妮。"

她冷冷地看着官员:"布洛德本特船长已登记了所有的手续。"

他看了我一眼,随后挪开了目光:"应该是不会有问题,但我的职责是检查护照并登记护照号。"

"当然。那好吧，我猜应该让布洛德本特船长到这儿来一趟了。我飞船的起飞时间定了吗？你最好跟塔台联系把航班状态改成待定吧。"

佩妮却表现出了异常的愤怒："邦夫特先生，这太荒谬了！我们从未碰到过这种官僚做法——尤其在火星上。"

警察迟疑地说道："应该没问题吧，汉斯。毕竟是邦夫特先生啊。"

"应该吧，但是——"

我笑着插话道："有个简单的解决办法。如果你——你叫什么，先生？"

"哈索万特。汉斯·哈索万特。"他不情愿地回答道。

"哈索万特先生，如果你能给布斯洛伊德专员打个电话，让我跟他说两句，省得让我的飞行员还得来一趟了——可以节省我们差不多一小时的时间。"

"哦，还是不要打这个电话了，先生。要不我给站长打个电话？"他带着希望提议道。

"给我布斯洛伊德先生的电话号码就行，我来给他打。"这次我在语气里加了点寒意，一种大人物想表现得平易近人，却被底下人推来搡去，不得不压下火气的样子。

起作用了。他不情愿地说道:"我觉得没问题,邦夫特先生。只不过——你知道的,规定嘛。"

"是的,我知道。谢谢。"我开始往里走。

"等一下,邦夫特先生!看这边。"

我回头看了一下。这位尽职的官员把我们阻挡得太久了,记者们已经赶了上来。其中的一位跪在地上,把立体摄像机对准了我。他抬着头对我说:"请举起法杖,让我们看看。"其他几位带着各种器材围在我们身边,有一位甚至爬上了车顶。有人冲我举着麦克风,还有人拿着定向麦克风对准我,像是拿着把枪。

我就像一个被骚扰的女人一样愤怒,但我还记得自己是谁。我笑着,缓慢地移动着。邦夫特清楚地知道动作在影像中会显得更快。我必须做得像他一样好。

"邦夫特先生,为什么你要取消记者招待会?"

"邦夫特先生,据说你会向大议会动议,给予火星人完全的帝国公民身份。你对此如何评价?"

"邦夫特先生,再过多久你会提议对现政府举行不信任投票?"

我高举起拿着法杖的手,笑着:"一次一个问题。第一个问题是什么?"

跟我意料中的一样,他们都同时开口了。等他们商量好顺序之后，已经浪费了不少时间。就在此时，比尔·寇斯曼跑了过来："有点同情心吧，伙计们。今天头儿已经够辛苦的了。我来回答你们的问题。"

我朝他摆了摆手："我还有一两分钟的时间，比尔。先生们，我就要上船了，不过我会尽量给你们满意的答复。据我所知，现政府不打算重新评估火星与帝国之间的关系。我没有在政府中担任职务，因此我的意见并不重要。我建议你们去问吉洛迦先生。关于多久反对党会提出不信任案投票，我只能说除非我们确定能够赢，否则我们不会提议——至于输赢，你们知道的和我知道的一样多。"

有人说道："你这等于什么都没说啊。"

"本来就不该多说，"我反诘道，并笑了下以缓和气氛，"问我一些我能正当回答的问题，我保证好好回答。问我这些诸如'你不再打你的妻子了吗？'之类的问题，我也只能这么回答。"我停顿了一下，突然意识到了邦夫特以直白和诚实而著称，尤其在面对记者时。"我并不是想糊弄你们。你们都知道我今天出现在这里的原因。让我这么说吧——你们可以引用我的话。"我在脑海里搜索了一阵，找到了一段我学过的邦夫特的演讲，"今天发生的事情，其真正意义并不是为了荣耀我个人，而是"——我用火星人的法杖示意了一下——"证明了两个伟大的种族之间可以通过相互了解而跨越鸿沟。我们将发现——我们正发现——人类在数量上处于极大的劣势。如果想成功地扩张到其他星系，我们必须做到谦卑，必须做到诚实待人，必须敞开我们的胸怀。我听到有人说，如果有机会，我们的火星邻居会侵占地球。这完全是胡说。地球不适合火星人。让我们保卫自己——但不要让恐惧和仇恨引诱我们做出愚蠢的行为。狭窄的心胸装不下整个星系。我们必须像宇宙一样宽广。"

记者抬起了眉毛："邦夫特先生，我好像在去年二月份听到你说过这段话。"

"你在明年的二月还会听到。也会在一月、三月和其他所有的月份听到。真理需要不断地被传扬。"我往后瞥了眼大门负责人，接着说道，"对不起，我现在得走了——否则就误船了。"我转身走入了大门，佩妮跟在我身后。

我们坐进了小小的、裹着铅甲的场地交通车，门缓缓地关上了。车子是自动驾驶的，所以我不必充当驾驶员。我瘫在座位上，放松了："呼！"

"我觉得你表现得很棒。"佩妮严肃地说道。

"那家伙说听过那段讲话时，我有点慌了。"

"你掩饰得很好。它很激动人心。你——你听上去就是他。"

"刚才我应该点名叫谁提问吗？"

"不用。有一两个人你能叫出名字来，但他们不会在意的，时间紧迫。"

"我被夹击了。那个麻烦的大门负责人，要什么护照。佩妮，我觉得应该由你拿着护照，而不是达克。"

"达克没拿着大家的护照。我们都自己随身带着。"她伸手从包里掏出了一个小本子，"这是我的——但是我不敢拿出来。"

"嗯？"

"他们抓到他时，护照在他身上。我们还没敢申请换发——情况不允许。"

我突然间觉得十分疲倦。

因为没有接到达克或罗杰的进一步指示，我在穿梭机上升及进入汤姆·潘恩号的过程中继续着角色扮演。这并不难，我只需径直走入主舱室，在自由落体状态下度过好几个痛苦的小时，咬着指甲，盘算着地面上在发生些什么。在防晕药的帮助下，我终于设法在飘浮中入眠——这是个错误，因为我做了好几个噩梦，记者们对我指指点点，警察拍着我的肩膀，火星人用法杖对着我。他们都知道我是假冒的，相互争吵着谁有权抓走我，把我关入地下密牢。

我被加速警报的嘟嘟声吵醒了。达克中气十足的男中音响了起来:"最终红色警报!三分之一重力加速度!一分钟!"我手忙脚乱地游到床边并抓牢了。加速度袭来时,我感觉好多了。三分之一的重力并不多,和火星表面几乎一样,不过足以让我不再恶心,地板也真的成了地板。

大约五分钟过后,达克敲了敲房门,没等我应门,他就推门进来了:"你好啊,头儿。"

"你好,达克。很高兴又见到你了。"

"我却不怎么高兴。"他疲惫地说道,他看了眼床,"介意我躺会儿吗?"

"请便。"

他躺了下来,叹了口气:"老天,可累坏我了!我能睡上一星期……没开玩笑。"

"我也是。呃……你把他也弄上船了?"

"是的。好不容易!"

"我能想象。不过,在这种不怎么正式的小站玩些手段,应该比在杰弗逊容易多了吧。"

"嗯?没有,难多了。"

"啊?"

"很显然啊。这地方大家相互都认识——也都喜欢传闲话。"达克狡黠地笑了笑,"我们申报说他是一箱冰冻的运河虾。还交了出口税。"

"达克,他怎么样?"

"怎么说呢……"达克皱起了眉头,"卡佩克医生说他能完全康复——只是需要时间。"他突然咆哮了起来,"最好别让我抓到那些鼠辈!你要看到他们对他做了什么,你肯定也受不了——但是,我们不得不放过他们——为了他的缘故。"

达克就快要哭出来了。我轻声说道:"我听佩妮说他们把他折磨得够呛。他伤得重吗?"

"啊?你肯定误会佩妮了。除了又臭又脏、胡子拉碴之外,他身体上没毛病。"

我露出一脸蠢相:"我还以为他们打他了呢。用棒球棒痛揍之类的。"

"要是他们真这么做就好了!断几根骨头是小事。没有,没有,他们对他的脑子下手了。"

"哦……"我觉得恶心,"洗脑?"

"是。是,也不是。他们应该不是想让他招些什么,因为他没有任何政治上的秘密。他一直都公开坦诚,大家都知道。他们只是用它来控制他,防止他逃跑。"

他继续说着:"医生推测说他们每天都施用了最低剂量,只要让他听话就行。但是，就在放走他之前，他们给他注射了超大剂量，足以让大象变成傻子。他的大脑额叶肯定都被浸透了，就像是海绵吸饱了水。"

我觉得太恶心了，以至于庆幸自己没吃东西。我曾经读到过这种事情。我痛恨它，甚至到有些发癫的程度了。我认为操弄一个人的个性是可耻的，是违背宇宙精神的。与之相比，谋杀更干净些，属于轻罪。"洗脑"是黑暗时期流传下来的专业术语，它最先应用于通过身体和精神上的折磨来摧毁人的意志，改变他的个性。不过，那个过程需要好几个月。后来，他们找到了"更好"的方法，能在几秒钟内就把人变成无脑的奴隶——只需往他的大脑额叶注射可卡因的某种衍生物即可。

这种可憎的行为最初是为了合法用途而产生的，用于精神严重失常的病人，好让他们接受心理治疗。因此，它代表着人类的进步，因为它替代了额叶切除术——"额叶切除术"这个名词已如同"贞操带"一般过时，意思是用刀在人脑内搅动，以达到在不杀死他的情况下去除他个性的目的。是的，他们确实这么做过——如同他们也殴打过病人一样，为了"驱除魔鬼"。

独裁者们又把这种新的洗脑良药发展成了更高效的技术。然后，等独裁者们都消失后，黑帮们进一步打磨了技术，使得他们通过极低剂量的药物就能控制住一个人，让他变得顺从——

或是加大剂量，把他变成一团无脑的肉体——一切都以甜蜜的兄弟情的名义进行。毕竟，如果一个人固执到有自己的私心，你就无法得到"兄弟情"，不是吗？你只需用针头穿透眼球，往他的大脑里注射一剂傻瓜果汁，就能让他听话，还有什么比这更好的办法吗？"不打破鸡蛋，你就无法做煎蛋卷"，恶棍的诡辩！

当然，它早就是种非法行为了，除了在得到法庭的明确许可之后用于治疗。但是，罪犯们在用着它，警察也不总是纯洁的花朵，因为它的确能让罪犯开口，而且不会留下痕迹。他们甚至还能命令受害人忘了这一切。

对于上述的种种，在达克跟我说起时，我就知道一些，剩下的都是在飞船上的百科知识库里查的。搜寻标题"精神控制"和"酷刑"。

我摇了摇头，试图将噩梦从我脑子里赶走："他会好起来的吧？"

"医生说药物不会改变他大脑的结构，只是让大脑瘫痪了。他说最终血液会带走所有的药物，它会流向肾脏并排出体外。不过，需要时间。"达克看着我，"头儿？"

"嗯？不用再叫我'头儿'了吧？他回来了。"

"这就是我想跟你说的。你能不能再扮演一阵子，不麻烦吧？"

"为什么？这里没别人，都是自己人。"

"这话不对，洛伦佐，我们一直都严格控制着这个秘密。有你，有我，"他扳着手指一个个数着，"有医生、罗杰和比尔。当然，还有佩妮。还有一个叫兰斯顿的人在地球上，你从来没见过他。我感觉杰米·华盛顿有所怀疑，但是他甚至都不会透露给自己的母亲。我们不知道有多少人参与了绑架，肯定不会多。不管怎样，他们不敢说——更有意思的是，即便他们想对外说，他们也无法证明他失踪过。我想说的是：在汤姆上，有那么多船员、那么多的各色人等，他们都不是计划的一部分。伙计，接着演下去，只要让船员们和杰米·华盛顿的姑娘们每天看到你一眼——等着他康复，怎么样？嗯？"

"噢……没问题。要演多长时间？"

"只是在回程路上。我们会慢慢飞，你会喜欢的。"

"好的，达克，这一段我免费送你了。我痛恨洗脑。"

达克站起身，拍了拍我的肩膀。"你和我是同一类人，洛伦佐。别担心报酬，我们会关照你的。"随即他又改变了态度，"很好，头儿。明天见，先生。"

但是，俗话说得好，一波未平，一波又起。我和达克说话时的加速只是为了变轨，去往一条更高的轨道，免得某个新闻频道派条穿梭船上来要求跟进采访。我在失重中醒来，吃了片药，逼着自己吃了点早饭。不久，佩妮出现了："早上好，邦夫特先生。"

"早上好，佩妮。"我朝着客房的方向扬了扬头，"有什么消息吗？"

"没有，先生。还是老样子。船长托我向你问好，并请你去他的舱室，可以吗？"

"当然。"佩妮跟在我身后。达克在里面，脚尖钩着椅子固定着自己的位置。罗杰和比尔绑在了沙发上。

达克朝四周看了看，说道："谢谢你能来，头儿。我们需要帮助。"

"早上好。什么帮助？"

克里夫顿带着一贯的尊重跟我打了招呼，并叫我"头儿"。寇斯曼只是点头示意了一下。达克继续说着："为了得体地结束，你必须再公开露面一次。"

"啊？我以为——"

"等等。媒体们都在期待你就昨天的事迹发表演讲。罗杰倾向于取消，但比尔已经准备好了稿子。问题是，你会做吗？"

养猫的麻烦在于它们总是会生小猫。"哪儿？戈达德市？"

"不是，就在你的舱室。我们拍下来，传到火卫一。他们会转发给火星，也会上传到新巴塔维亚的高速网，地球网络可以从那里下载，并中继给金星、木卫三等。四个小时内它会传播至整个太阳系，但是你不必离开舱室半步。"

能够上大新闻网是极具诱惑力的。我本人只上过一次，但那次我的戏被剪到我的脸只出现了二十七秒。这一次可是我的独角戏啊——达克可能觉得我不太情愿，他加了一句："不用紧张，汤姆上有足够的设备支持拍摄。然后我们可以播放一遍，有不合适的地方剪掉就行了。"

"好吧。你带着稿子了，比尔？"

"是的。"

"让我检查一下。"

"什么意思？你会有充分的准备时间。"

"你手里不是拿着呢吗？"

"是的。"

"那就让我读一遍。"

寇斯曼看上去被惹着了："你会在我们录制之前一小时拿到它。演讲时表现得像是即兴发挥，效果会更好。"

"即兴发挥意味着更充分的准备，比尔。我是干这一行的，我懂。"

"你昨天在空天站没有彩排也做得很好。这次不也一样吗？你只要照着昨天来就行了。"

随着寇斯曼一再阻挠，邦夫特的个性变得越来越突出。我想克里夫顿可能看出我就要发火了，因此他打了圆场："噢，老天爷，比尔！把演讲稿给他。"

寇斯曼哼了一声，把稿子扔了过来。在失重状态下，稿子可以飞行，但是空气把它们吹散了。佩妮将它们整理在一起，递给了我。我谢了她，没再说什么，开始阅读。

我差不多以演讲的速度浏览了一遍，然后抬起了头。

"怎么样？"罗杰说道。

"差不多有五分钟是关于收养的，剩下的都是在阐述开拓党的政策。跟你让我学的那些演讲差不多。"

"是的，"克里夫顿同意道，"收养是个引子，用来引出剩下的。你应该猜得到，我们不久就会提出不信任投票案。"

"我理解。你们不能错过这次机会。怎么说呢，它还不错，不过——"

"不过什么？你在担心什么？"

"怎么说呢——人物性格。有几个地方的用词得改一下。他不会这么说。"

寇斯曼爆出了一个女士在场时不应该用的词。我冷冷地瞥了他一眼。"别胡说了，斯麦思，"他继续说道，"谁更知道邦夫特会怎么说？你，还是一个为他写了四年演讲稿的人？"

我竭力控制着自己的情绪,他的话也有几分道理。"有时,"我回应道,"一句话在书面上看上去可以,但说出来可能效果不佳。邦夫特先生是个伟大的演讲家,我十分敬佩他。他应该能与韦伯斯特、丘吉尔和德摩斯梯尼[1]相提并论——辞藻虽简单,却有摧枯拉朽之势。你看,以'决不妥协'这个词为例,你用了两次。我承认我喜欢多音节词,它可以展示我的博学。但是,邦夫特先生会说'顽强'或'坚持'或'牛脾气'。他这么说的原因是它们能更好地传递情感。"

"你负责演讲就行了!我来操心词汇。"

"你不懂,比尔。我不关心这个演讲是否有政治意义,我的工作就是做好角色扮演。我无法从我的嘴里说出角色不会用的词。它听上去像山羊嘴里吐希腊语一样假。如果我用他的话来完成演讲,那它就会自动传递政治意义。他是个伟大的演说家。"

"听着,斯麦思,我们雇你来不是写讲稿的,雇你来是——"

"住嘴,比尔!"达克打断道,"也别再说'斯麦思'之类的话了,行吗。你怎么看,罗杰?"

---

[1] 丹尼尔·韦伯斯特(Daniel Webster,1782—1852),辉格党创始人,19世纪美国著名的政治家、演说家。德摩斯梯尼(前384—前322),古雅典雄辩家、民主派政治家。

克里夫顿说道:"照我的理解,头儿,你只是对一些词汇有意见?"

"是的。我还想删掉对吉洛迦先生个人进行攻击的那段话,还有那些对他的财务支持者的含沙射影。听上去不像是邦夫特先生会说的话。"

他表现出羞愧的样子:"那段话是我加进去的。你可能是对的。他对任何人都很宽容。"他沉默了一会儿,"你想怎么改就改吧。我们会拍下来再回放。不行的话就剪辑——甚至用'技术故障'之类的借口取消发布。"他严肃地说道,"我们就这么办,比尔。"

"妈的,太荒谬了,这——"

"就这么办,比尔。"

寇斯曼愤怒地离开了。克里夫顿叹了口气:"比尔总是恨别人给他命令,只有邦夫特先生才能给他下令。不过,他是个人才。呃,头儿,你多快能开始录制?我们计划在16点外传。"

"不知道,应该来得及。"

佩妮跟着我回到了我的办公室。在她关门的时候,我开口说道:"我大概过一个小时才可能会用到你,小佩妮。你去问医生再要些药片来,我可能用得着。"

"好的,先生。"她背对着门飘在半空,"头儿?"

"什么事，佩妮？"

"我只想告诉你，别相信比尔说的过去的讲稿都是他写的！"

"我知道。我听了他的演讲——我也看了这份讲稿。"

"噢。很多时候比尔确实会交上来草稿，罗杰也是。我自己也交过几份。他——他会使用任何人的想法，只要觉得它们是好的。但是，他演讲时，都是他自己的话，每一个字都是。"

"我相信你。真希望他事先准备好了这份讲稿。"

"你尽力去做吧！"

我尽力了。首先，我用来源于德语的词汇替代了那些拗口的拉丁词。然后，我开始激动，涨红着脸，把讲稿撕得粉碎。摆弄台词对演员来说可是一大乐事，因为这样的机会并不常见。

我让佩妮当我唯一的听众，并让达克保证飞船上其他地方的人不会窃听——但我感觉这个大块头骗了我，他自己肯定偷听了。在头三分钟内我就让佩妮流泪了。在我结束时（二十八分钟半，刚好与新闻节目时间段一致），她已泣不成声。我并没有改动尊敬的约翰·约瑟夫·邦夫特所宣扬的开拓主义者的政治信条，我只是重新组织了他的意思，且大部分都借用了他之前演讲中的表达。

奇怪的地方在于——我在演讲时竟然相信了我说出的每一

个字。

兄弟，看到我在演讲了吗！

然后，我们一起看了立体影像的回放。杰米·华盛顿也在场，所以比尔·寇斯曼没开口说什么。放完之后，我问道："怎么样，罗杰？需要剪辑吗？"

他把雪茄从嘴里拿了下来，说道："不用。如果你需要我的建议，头儿，我会说就这样发送出去吧。"

寇斯曼又离开了房间。但是华盛顿先生走上前来，眼里流着泪——在失重状态下，流泪不好受，因为泪水没地方可去："邦夫特先生，太感人了。"

"谢谢，杰米。"

佩妮甚至都无法开口。

之后，我上床睡觉了。这次精彩的演出让我筋疲力尽。我睡了八个多小时，后来被嘟嘟声吵醒了。我已经把自己绑在了床上——我不喜欢在失重下飘浮着睡觉——所以没必要去理会。但是，我不知道我们要去哪儿，所以在第一次和第二次警告的间隙，我呼叫了控制室："布洛德本特船长？"

"稍等一下，先生。"我听到爱泼斯坦回应道。

接着达克的声音传来："什么事，头儿？根据你的命令，我们正在启动飞船。"

"嗯？噢，好的，没问题。"

"克里夫顿先生应该正在去你舱室的路上。"

"很好，船长。"我躺下来等着。

就在我们刚进入一个重力加速度时，罗杰·克里夫顿进来了。他脸上带着一种我无法描述的神色——既显得得意，又隐含着忧虑和疑惑："怎么了，罗杰？"

"头儿！他们先开枪了！吉洛迦政府主动下台了！"

第七章

我还没有完全醒过来。我用力摇了摇头,想让自己清醒些:"那你还有什么好担心的,罗杰?这不正是你们想要的结果吗?"

"呃,是的,当然。但是——"他没再往下说。

"但是什么?我不明白。你们为今天这个结果奋斗了这么多年。现在,终于实现了——然而你看上去就像是个想从婚礼上逃走的新娘。为什么?无能的家伙们下台了,能干的人终于出头了。不是吗?"

"呃——你的政治经验还不成熟。"

"这还用说吗?我在竞选童子军巡逻队长的时候就被收拾

了，从此我与政治无缘。"

"好吧，你得明白，时机非常重要。"

"我父亲也总这么教育我。罗杰，我怎么觉得你宁愿吉洛迦政府仍在台上呢？你说他们先开枪了？"

"让我解释一下。我们真正想要的是动议对现政府进行不信任投票并取得胜利，从而逼他们参与大选——但是，由我们来选择时机，也就是我们觉得能赢得大选的时候。"

"哦。那你觉得你们现在还赢不了？你觉得吉洛迦会再次当选五年——至少人类党会再次当选？"

克里夫顿若有所思地说道："不是。我觉得我们的赢面很大。"

"嗯？我可能睡昏头了。你们不想赢？"

"当然不是。但是，你看不出这次辞职对我们造成了多大的影响吗？"

"看不出来。"

"好吧，现任政府可以在五年之中的任意时间点下令举行大选，这是宪法规定的。通常，他们会在时机对他们最有利的时候这么做。但是，他们不会在宣布大选和大选真正完成的这段时间内辞职，除非被逼着这么做。能听懂吗？"

我觉得这种安排听上去的确有点奇怪，虽然我对政治并不了解:"算是吧。"

"但是,这次吉洛迦政府已经定好了大选的时间,却又集体辞职了,让整个帝国都处于无政府状态。因此,皇帝必须召见某人,令其组成一个看守政府,直至大选结束。根据法律,他可以选择大议会里的任何一名议员,但是根据先例,他其实没的选。当某个政府集体辞职——不是重组而是整体都下台——皇帝必须召见反对党的领袖来组成看守政府。这对我们的体系至关重要,它能防止辞职只是成为一种姿态。过去也试过其他很多办法,有些办法造成了换政府如同换内裤一样频繁。现在的这种体系能确保有一个负责任的政府。"

我忙着理解他的话,差点没听到他接下来的重点:"因此,自然地,皇帝已诏令邦夫特先生前去新巴塔维亚。"

"嗯?新巴塔维亚?"我还在想着,自己还从未去过帝国首都呢。我只去过月球一次,然而我所从事的事业使得我既没有钱也没有时间做一次顺道游玩。"那就是我们要去的地方?好吧,我无所谓。要是汤姆号没法很快回到地球上,你应该会有其他办法把我送回家吧。"

"什么?老天,先别担心这个。时机成熟时,布洛德本特船长总有办法把你送回去的。"

"对不起。我忘了你心里在想着其他更重要的事,罗杰。

现在，我的工作已经完成了，我想尽快回家。不过，在月球待上几天，甚至是一个月，也没问题。我手头没什么急事。谢谢你亲自来跟我说这个消息。"我观察着他的脸，"罗杰，你干吗一副愁眉不展的样子？"

"你还不明白？皇帝要召见邦夫特先生。那可是皇帝啊，伙计！邦夫特先生还没康复，没法出席。他们走了一步险棋——可能会把我们将死！"

"嗯？等等。慢点说。我听懂了你的意思——但是，朋友，我们没在新巴塔维亚。我们离那儿有一亿英里、两亿英里，还是好几亿英里？到时候卡佩克医生一定能治好他，不是吗？"

"呃——希望吧。"

"你们不确定？"

"我们没法确定。卡佩克说相关医疗数据太少，无法判断这么大的剂量对人体的影响。一切都取决于个体的身体条件和施用了何种药物。"

突然间，我想起了某个替角曾在我演出之前偷偷给我下了强力泻药。（不过我还是坚持演完了，证明精神能战胜肉体——然后把他开除了。）"罗杰——他们最后给他注射的超大剂量，不仅仅是因为恼羞成怒——更是为了目前这个局面做准备！"

"我同意。卡佩克也是这么认为的。"

"嘿!要真是这样,意味着吉洛迦本人就是绑架的幕后主使——我们竟然让一个流氓来管理整个帝国!"

罗杰摇了摇头:"不一定。可能性不大。不过,这的确表明了行动者的幕后主使和人类党这台机器的操控者是同一伙人。然而,你无法牵扯到他们,他们都高高在上,广受尊敬。我猜他们可能给吉洛迦带了个话,说时间到了,需要他倒下装死——并设法让他服从了。而且,可以肯定的是,"他继续说道,"他们并没有暗示他为什么是现在。"

"老天!你的意思是帝国的一把手就这么下台了,只是因为幕后有个人命令他这么做?"

"恐怕是的。"

我摇了摇头:"政治真是个肮脏的游戏!"

"不是,"克里夫顿立即纠正道,"游戏本身并不肮脏,只是有时你会碰到肮脏的选手。"

"我看不出有什么分别。"

"分别大了。在我看来,吉洛迦是个三流角色,一个小丑,为恶棍服务的小丑。但是,约翰·约瑟夫·邦夫特绝对一流,而且他从未当过任何人的小丑。当他是追随者时,他相信自己的道路;当他是领导者时,他依靠的是大家的信任!"

"我明白了,"我谦虚地说道,"话说回来,我们该怎么办?达克有没有故意放慢速度,好让他在汤姆飞到新巴塔维亚之前能康复?"

"我们不能拖。我们的推力不用超过一个重力加速度,没人会期待邦夫特在这个年纪下还让心脏承受不必要的压力。但是,我们不能拖延。皇帝召见你时,你就得去。"

"那怎么办?"

罗杰看着我,没有回答。我变得紧张了:"嘿,罗杰,不要有什么疯狂的想法!这跟我没关系。我已经完成任务了,最多是在船上再露一两次脸。不管是否肮脏,政治不是我的游戏——付我钱,送我回家,我连选民登记都不想参与!"

"你可能什么都不必做。卡佩克医生应该能医好他。不过,即便没能医好,也不是什么难事——跟收养仪式不是一个量级的——只需要在皇帝面前——"

"皇帝!"我几乎就要尖叫了。和多数美国人一样,我不懂贵族体系,也不赞同这种机制——而且内心还隐藏着对国王的恐惧。毕竟,我们美国人是从后门加入的。我们签署协议以联邦身份加入帝国,换取对帝国事务的话语权时,在协议中明文规定了我们的本地机构、我们的宪法等不会受到影响——而且还达成了默契,即皇室成员不得访问美国。这或许不是件好事。要是我们常能见到皇室，或许我们也就不会太把他们当回事了。不管怎么说，"民主的"美国女人比任何人都急于出现在皇宫里，这一点已经臭名远扬了。

"别紧张，"罗杰回复道，"可能你什么都不用做。我们只是想做好准备。我想告诉你的是，看守政府不是问题。它不会批准任何法律，也不会更改任何政策。我会处理好各种工作。你要做的只是——如果情势所逼——正式觐见维勒姆皇帝，最多再加上出席一两次事先安排好的记者招待会——取决于他什么时候能康复。比你已经完成的工作简单多了——而且，不管是否会用到你，我们都会付你钱。"

"该死的，这和钱没关系！这——好吧，用戏剧史上某位著名角色的话来说——'别把我卷进去'[1]。"

罗杰还没来得及回答，比尔·寇斯曼就冲进了我的舱室，连门都没敲。他看了看我们，随后对着克里夫顿尖锐地说道："你跟他说了？"

"说了，"克里夫顿回答道，"他拒绝了。"

"嗯？他傻了？"

"我没傻，"我回答道，"顺便提醒一句，比尔，你刚进

---

[1] 指美国著名电影制片人塞缪尔·戈尔德温，以幽默感著称，"别把我卷进去"是他的一句颇具喜剧色彩的名言。

来的那扇门上有个适合敲门的好地方。在我们这个行当里，规矩是敲一下然后大声问：'我方便进去吗？'希望你能记住我的话。"

"哦，别废话了！我们有急事。你为什么拒绝了？"

"我没说废话。这不是我当初应承的工作。"

"垃圾！你是不是太蠢了，斯麦思，你意识不到你已经陷得太深，无法脱身了吗？别逼我们。"

我走过去抓住了他的胳膊："你在威胁我吗？如果是的话，我们到外面去解决。"

他挣脱了我的手："在飞船里吗？你真的是头脑简单，是吗？你那个榆木脑袋还没想明白，这一切其实是你自己造成的？"

"你什么意思？"

"他的意思是，"克里夫顿回答道，"他相信吉洛迦政府的倒台，和你昨天的演讲有直接关系。他甚至可能是对的。不过，这些都是题外话。比尔，尽量礼貌点，好吗？吵架解决不了问题。"

我太震惊了，难道吉洛迦的辞职真的是我造成的？我都忘了想打碎他牙齿的冲动了。他们真的这么想？我承认它是个精彩的演讲，不过它能造成这种结果吗？

好吧，如果真的是它造成的，那它就是个特快专递。

我若有所思地说道："比尔，难道你是在抱怨我演讲的效果太好了，以至于你都不满意了？"

"嗯？才不是呢！你的演讲很烂。"

"是吗？你怎么张口就来？你是说我的演讲很烂，烂到人类党受不了了，直接辞职了，是吗？"

寇斯曼一副被冒犯了的样子，刚想回嘴，却看到了克里夫顿在强忍住笑容。他狠狠瞪了一眼，却不知道该说什么，最后只好耸了耸肩，说道："好吧，浑蛋，算你对，演讲可能跟吉洛迦政府倒台没关系。不说了，我们还有活要干。你不想继续帮我们了，算怎么回事？"

我看着他，勉强控制住了自己的脾气——这又是邦夫特的影响，扮演一个温和的角色会使得演员本人的内心也变得温和。"比尔，你怎么又张口就来？你早就明确说了，我就是个雇来的帮手，因此我没有义务承担工作职责之外的责任，我的工作已经完成了。你不能再雇我干其他工作，除非它适合我。问题是它不适合！"

他刚想开口，我打断了他："我说完了。出去吧。这里不欢迎你。"

他吃了一惊："你以为你是谁，你无权给我下令。"

"我谁也不是，你不也说过我谁也不是吗？但这里是我的私人房间，船长分配给我的。所以你要么自己出去，要么被扔出去。我不喜欢你的态度。"

克里夫顿轻声说道："出去吧，比尔。无论怎么说，目前这里是他的私人舱室，所以你最好还是走吧。"罗杰犹豫了一下，接着说道，"我觉得还是我们两个都走吧，问题一时半会儿解决不了。头儿，那我们走了？"

"好的。"

我独自坐着想了几分钟。我对自己不满意，竟然让寇斯曼把自己惹怒了，尽管只是拌了几句嘴。没有风度。不过，我在脑子里又回忆了一遍，确定了我与寇斯曼之间的意见不合并没有影响到我的决定。在他出现之前，我就已然下定决心了。

一阵急促的敲门声响起。我喊道："是谁？"

"布洛德本特船长。"

"进来，达克。"

他进来坐下了，却在头几分钟里只顾拨着自己手指上的倒刺。终于，他抬起头说道："我要是把那个讨厌鬼关禁闭，你会改主意吗？"

"嗯？这船上还有禁闭室？"

"没有。不过要造一个也简单。"

我紧紧盯着他,想看清他那个棱角分明的脑袋里到底在打什么算盘。"如果我提出要求,你真的会把比尔关禁闭?"

他抬眼看着我,扬起了一条眉毛,狡猾地笑了。"不会。做出这种事的人是当不了船长的。我甚至都不会接受来自他的这种命令。"他扬头冲着邦夫特的房间示意了一下,"有些决定必须由自己来做出。"

"没错。"

"嗯……我听说你刚做出了个决定?"

"没错。"

"行吧。我对你产生了很大的敬意,伙计。刚见到你时,我以为你是个靠脸和打扮吃饭的人,草包一个。我错了。"

"谢谢。"

"所以我不会乞求你。只要告诉我:跟你商讨一下相关因素会不会浪费你的时间?你考虑周全了吗?"

"我已经决定了,达克。我不想再卷进去了。"

"好吧,可能你是对的。对不起,看来我们只能希望他尽快好起来了。"他站起身,"顺便说一句,佩妮想见你,要是你现在还不打算再睡一觉的话。"

我冷笑了几声:"是顺便说的吗,嗯?顺序对吗?不是该轮到卡佩克医生来'说服'我吗?"

"他不来了，在忙着治疗邦夫特先生。但是，他让我给你带个话。"

"什么？"

"他让你'下地狱吧'。我稍微婉转了一点，但意思是一样的。"

"他真的这么说了？好吧，告诉他我会在火堆旁给他留个座位。"

"佩妮能来吗？"

"噢，当然！不过，你可以告诉她这是在浪费时间，答案仍然是'不'。"

然后，我就改变决定了。承认吧，在森林情欲的气味面前，她的话怎么显得那么有逻辑。佩妮并没有使用不公平的手段，她甚至都没流眼泪——而且我连一根手指也没碰过她——但是，我就是不停地在让步，直至没有任何可让的地方。无法逃避的结局，佩妮就像是救世主，她的真诚无法抗拒。

跟我去新巴塔维亚路上的努力相比，我在去火星路上的钻研不值一提。我已经基本掌握了角色，现在要做的就是充实背景，让我在任何情况下都能成为邦夫特。尽管此行的目的是觐见皇帝，但一旦我们到了新巴塔维亚之后，我可能不得不面对成百上千个人。罗杰打算用警卫把我围起来，对于任何一个想避免干扰的公众人物来说，这种安排也属正常。尽管如此，我还是得见人——公众人物就是公众人物，无法避免。

我想尝试的这场走钢丝表演，幸亏有了邦夫特的法利档案——可能是最棒的——才变得可能。法利是一位二十世纪的政治经纪人，如果我没记错的话，他曾服务于艾森豪威尔。他发明的记录人物关系的方法，在政治上起的作用与德国人发明的参谋对战争的作用一样具有革命性。然而，在佩妮给我看了邦夫特的法利档案之前，我从未听说过有这种东西。

它是一本关于人物的档案。当然，政治艺术就是关于人物的。档案包含了邦夫特在漫长的政治生涯中见过的所有的（或几乎所有的）人。每份卷宗都详细记载了邦夫特通过他本人的接触而采集到的个人信息。任何信息，不管该信息是如何琐碎——事实上，"琐事"通常是第一个记录：妻子、孩子和宠物的姓名及绰号、爱好、食物和饮料的口味、偏见、怪癖，等等。接下来的是每次邦夫特和那个人交流的时间、地点和评论。

只要有可能，他总是会附上照片。档案里可能有也可能没有"线上资料"，即通过搜索得来而不是邦夫特本人亲自采集的信息。这取决于被记录者的政治地位。有些人物的"线上资料"是一篇好几千字的个人传记。

佩妮和邦夫特都佩戴着微型记录仪，由身体的热能供电。

如果邦夫特是一个人，他会找机会往自己的仪器里记录——在洗手间、在车里，等等。如果佩妮跟着他去了，她会负责记录，她的仪器看上去就像是块手表。佩妮没空去将记录转录到微缩磁带上。杰米·华盛顿手下有两个女孩是全职干这个的。

佩妮给我看了法利档案，厚厚的一大堆——真的很厚，而且每卷磁带上都记录了至少一万个词语——然后对我说这些都是邦夫特熟人的个人信息。我怨叫了一声（就是抱怨和尖叫的混合声，夹带着强烈的情绪）："上帝，可怜可怜我吧，小姑娘！我跟你说，这活儿没法干。谁能记住那么多东西？"

"还用问吗？当然记不住。"

"你刚才不是说过，这些都是他记住的关于朋友和熟人的信息？"

"不完全是。我说这些都是他想记住的东西。但因为不可能全记住，他才会做这份档案。别担心，你不必记住所有的东西。我只是想让你知道它的存在。我的工作就是确保他在遇到某人之前有一两分钟的时间查阅一下法利档案。如果有类似情形出现，我会用同样的方法保护你。"

我看着她投影在桌面上的法利档案。

桑德斯先生，应该来自南非比勒陀利亚。他有一只斗牛犬,名叫伤风小牛仔,几个性格各异且无趣的孩子,他还喜欢往威士忌里加一片柠檬。

"佩妮,你不是想说邦夫特先生会假装记得这种小细节吧?这让我觉得有点假。"

佩妮并没有因为我非议了她的偶像而生气,而是认真地点了点头:"我曾经也这么想过。但是你的想法不对,头儿。你曾经写下过你朋友的电话号码吗?"

"嗯?当然。"

"这属于不诚实的行为吗?你会跟你的朋友道歉吗,因为你对他不上心,连他的号码都记不住?"

"嗯?好吧,我投降,我说不过你。"

"如果他的记忆力足够好,他会把这里的东西都记下来。正因为记忆容量有限,他这么做,并不比在日历上做标记以免忘了朋友的生日显得更假。这档案其实就是一大本备忘录,记下所有的信息。况且,它还有其他作用。你遇到过真正的大人物吗?"

我回忆着。佩妮指的肯定不是演艺界里的人物,她几乎都不知道他们的存在。"我曾经见过沃菲尔德总统。当时我还是个十一二岁的孩子。"

"你还记得任何细节吗？"

"还用问吗，当然。他说：'你怎么摔断的胳膊，孩子？'我说：'骑车子摔的，先生。'然后他说：'我也在骑车子时摔过，不过摔断的是锁骨。'"

"要是他还活着，你觉得他还记得这段对话吗？"

"当然不会。"

"他有可能还记得——他可能把你记在了法利档案中。档案里还包括了那个年龄段的其他男孩，因为男孩会长大，变成男人。我想强调的是，像沃菲尔德这样的高层人物见过很多人，多到他们记不住。每一个面目模糊的群众都记得与名人会面的细节，但是，每个人生命中最重要的那个人其实是他自己——任何一个政治家都不能忘了这一点。因此，要是政治家能记得普通人记住的一些从前会面时的细节，会让人觉得他很有礼貌、很亲民、很温情。这是政治活动中不可或缺的一部分。"

我让佩妮展示了法利档案中关于维勒姆皇帝的记载。它很短，一开始我觉得沮丧，随后我意识到这意味着邦夫特和皇帝并不熟，可能只在官方场合下见过几次——邦夫特首次担任首相时，老皇帝弗雷德里克还没去世。档案里也没有线上搜索到的生平资料，只有一个备注，"请参阅奥兰治皇室"。我没有去参阅——没时间去浏览好几百万字的皇室历史，而且，我在学校时的历史成绩还不错。我只想知道,邦夫特是否掌握了一些其他人不了解的有关皇帝的信息。

我还意识到法利档案肯定还记录了飞船上所有的人,因为第一他们都是人,第二邦夫特都见过他们。我让佩妮调取相关资料,她显得有点吃惊。

很快,我就变成那个吃惊的人了。汤姆·潘恩上装着六个大议会议员。罗杰·克里夫顿和邦夫特先生,这两位是情理之中的——但是,达克档案中的第一条记录是:姓布洛德本特,名达里斯克,自由航行者高级成员。里面还提到了他拥有物理学博士学位,九年前还获得过帝国手枪大赛冠军,并以"操舵能手"的笔名出版过三本诗集。我暗下决心,今后再不能以貌取人了。

邦夫特还在最下面留下了字迹潦草的备注:几乎无法拒绝女人——反之亦然!

佩妮和卡佩克医生也是大议会的议员。甚至连杰米·华盛顿也是,我后来才意识到他来自一个"安全"选区——他代表了北欧地区,也是所谓的驯鹿与圣诞老人之地。他也是圣灵真理第一圣经教会的牧师,我从来没听说过这个教会,但这说明了他为什么成天绷着脸异常严肃的样子。

我尤其高兴能读到佩妮的信息——尊敬的佩内洛普·塔利

亚菲罗·拉塞尔小姐。她拥有乔治城大学的政府管理硕士学位和卫斯理大学的学士学位,对于这一点我倒是没觉得意外。她代表了不从属于任何地方的大学里的女士们,另一个"安全"选区(后来我才知道),因为在这些人中,开拓党党员人数是其他党派人数的五倍。

下面记载着她手套的尺寸,她的身材比例,她对颜色的喜好(我可以在穿着方面给她些指导),她对气味的偏好(当然是森林情欲),以及其他很多的细节,多数都无关紧要。不过,其中还有一段"评论":真诚到病态——算术差——为幽默感而自豪,但其实她并不幽默——注意节食,但嗜食加了糖的草莓——母亲情结重,想照顾所有活着的生命——无法抗拒阅读任何印刷品。

最后跟着一段邦夫特手写的附录:哈,小卷毛,又在偷看!

我把档案还给佩妮时,问了她是否看过自己的记录。她让我别管闲事!随后她又红着脸跟我道歉了。

我的大部分时间都花在了学习上,不过我还是抽空仔细审视并加强了外貌方面的相似度,用色卡检查了半永久染色的色泽,更为仔细地修饰了皱纹,加了两颗痣,并用电动刷固定了整个造型。这意味着我在重新找回我自己的脸之前要撕掉一层皮肤。代价是值得的，因为只有这样，妆容才不会被破坏，也不会被丙酮弄花，更能抵抗面巾纸之类的"有害物质"。我甚至还对照着卡佩克保存在邦夫特医疗档案里的照片，在"瘸"腿上加了条伤疤。即便邦夫特有妻子或是情人，她也无法仅凭外貌轻易分辨出假扮者和本尊。化好妆不容易，但它解放了我的头脑，让我可以集中精力去处理扮演中的困难部分。

整个航行过程中，我的主要精力都花在了理解和吸收邦夫特的想法与信仰之上，简单来说就是熟知开拓党的政策。不夸张地说，他本人就是整个开拓党，不光是它的最高领导，也是它的灵魂和代言人。在它成立之初，开拓主义只不过是所谓的"天命论"运动，是一个多团体的乌合之众，各团体之间只有一个相同之处：相信宇宙边疆是决定人类未来的最重要因素。邦夫特规范了开拓党的伦理和使命，那就是自由和平等必须与帝国的旗帜一起飘扬，他一直在强调一点，即人类决不能再犯白人在非洲和亚洲犯过的错误。

不过，我被事实搞糊涂了——我在这方面就是个弱智——开拓党早期的历史看上去和现在的人类党几乎一样！我以前没有意识到，党派跟人一样，随着年龄的增长也会发生改变。我依稀知道人类党起源于开拓主义运动的一个分支，但是我从未认真思考过这个问题。实际上它是不可避免的。随着那些没有将目光投向天空的党派逐渐被历史淘汰，不再参与角逐，唯一一个走在正确道路上的党派必定会分裂成两个。

这些都是后话了。我的政治教育并没有进展得这么快。开始时我只是让自己沉浸于邦夫特的言论之中。没错，我在航程中已经做过一次演讲了，但那时我只是在模仿他说话的方式，现在我在学习他说过的话。

邦夫特是个出色的演讲家，但在辩论时会变得过于尖刻。例如，之前在与火星巢穴签署《第谷睦邻条约》时引发了颇多争议，他就此在新巴黎发表过演讲。正是这份条约让他下台了：他强行在大议会通过了条约，但是联盟因此而产生裂痕，在接下来的不信任投票中输了。尽管如此，吉洛迦也不敢毁约。我怀着特别的兴趣听了他的演讲，因为我自己也不喜欢这份条约。火星人必须在地球上获得跟地球人在火星上拥有的同等权利，这种理念令我厌恶——直到我访问了凯凯凯巢穴才最终改变。

"我的对手，"邦夫特沙哑的嗓音说道，"想让你们相信，人类党所谓的口号，'人类拥有、人类治理、人类利益的政府'，是林肯不朽名言的现代版。但是，声音是林肯的声音，手却是3K党的手。他们的口号表面光鲜，但内在的含义却是'所有各种生灵的政府，由人类治理，为了一小撮人的利益'。

"我的对手抗议说，我们肩负上帝的使命，要将启示传遍整个星系,将我们的文明传播给野蛮人。这是勒莫斯[1]大叔的社会学——花儿盛开、鸟儿歌唱、欢乐的海洋!这是幅美丽的图画,然而画框太小了,装不下鞭子,装不下锁着奴隶的铁链——还有牲口房!"

我渐渐发觉,即便自己还没有成为一个开拓主义者,也至少成了个邦夫特的粉丝。我不确定自己是否相信他话中的逻辑——实际上,我连它们是否有逻辑也不确定。但是,我的大脑现在处于接收状态。我想充分理解他话里的意思,这样的话,若有必要,我就能重新组织语言,以他的方式说出来。

话说回来,他是个知道自己要什么,以及为什么要(更为罕见!)的男人。我被他深深吸引了,他让我开始检视自己的信仰。我为什么而活着?

我的职业,当然!我在它之中长大,我喜欢它,我有一个坚定的、可能不太有逻辑的想法,那就是艺术值得我献身——而且,它也是我唯一的谋生手段。除此之外呢?

我从来没有被各种正经的伦理感动过。我研究过其中的一些——公共图书馆是穷演员最方便的休闲去处——我觉得它们就如同岳母的吻一样缺乏维他命。只要有充分的时间和足够的纸

---

[1] 勒莫斯:罗马神话中战神马尔斯的儿子,与双生兄弟罗慕路斯一起建立了罗马城。

张,哲学家能证明任何东西。

我对用来教育孩子的道德理念也持有同种态度。它们中的大多数都太过天真,为数不多的、真正有意义的部分却又太过世故,例如一个"好"孩子不应该打扰母亲的睡眠,一个"好"男人应该在银行拥有巨量存款,却不去追究取得财富的手段。不,谢谢!

但是,连狗都有行为准则。我的是什么呢?我该如何作为——或至少我觉得我该如何作为呢?

"演出必须继续。"我一直相信自己遵守了这一信念。但是,为什么演出必须继续?有些戏的确不怎么样。简单来说,因为你同意了要演,因为底下有观众,他们付了钱,每个人都值得你付出最精彩的演出。你欠他们的。你也欠着舞台人员、经理、制作人和公司里的其他人——还有那些教会你演戏的人,以及历史上的那些人,一直可追溯到露天剧场和石椅,甚至那些蹲在市场里的说书人。高贵的责任。

我觉得这个说法可以应用到任何行业。"童叟无欺","货真价实",希波克拉底誓言[1]等。不要让你的同伴失望。一分耕耘,一分收获。这些说法都无须证明,它们是生活不可分割

---

1 希波克拉底誓言:西方医生传统上行医前的誓言,希波克拉底乃古希腊医者,被誉为西方"医学之父"。

的一部分，永恒的真理，遍布整个星系的真理。

突然间，我瞥见了邦夫特的追求。如果世上存在着超越时空的伦理，那它们应该同等适用于人类和火星人。它们适用于任何行星和恒星系——如果人类不照此行事，他们不可能扩张到整个星系，因为总有更强的种族会因这种两面派行径而打垮他们。

开拓的门票就是美德。"遇到冤大头就不要放过"，这种哲学太狭隘了，无法与广袤的星空抗衡。

不过，邦夫特宣扬的不都是甜蜜和美梦。"我不是个绥靖主义者。绥靖主义是一种诡辩，通过它人们可以享受团体的好处，却不用付出代价——并且为他的欺诈戴上光环。议长先生，生命属于那些不畏惧失去生命的人。这个议案必须通过！"说完后，他站起身，穿过走廊，去支持他党内核心成员拒绝支持的军事拨款。

或者："表明立场！一贯要表明立场！有时你可能会错，但是，拒绝表明立场的人永远是错的！上帝，请将我们从畏惧表明立场的懦夫手中拯救出来吧。让我们站起来，让他们数一数我们的数量。"（这段话是核心成员的内部会议，但佩妮用微型记录仪把它录了下来，之后邦夫特保存了它——邦夫特有历史感，他是个出色的记录保存员。否则的话，我就没多少材料可学了。)

我觉得邦夫特是我这样的人。或者说,我希望自己是那样的人。能扮演这样的人物让我骄傲。

要是我没记错,在那段航程中,自打我答应了佩妮如果邦夫特无法出席,我会代他觐见皇帝之后,我就没睡过觉。我想睡觉——没必要在上台前搞得你的眼睛耷拉成狗耳朵一样——但是,我被学习的内容吸引了,而且邦夫特桌子上的资料又是那么多。一天二十四小时连续进行,不被打扰,想要帮助时又能及时得到,你难以想象在这种状态下的学习进度有多快。

就在我们快要抵达新巴塔维亚时,卡佩克医生进来跟我说道:"露出你的左胳膊。"

"为什么?"我问道。

"因为我们不想你在皇帝面前困得倒在地上。这东西会让你在我们降落之前好好睡一觉。降落后我会给你解药。"

"嗯?你觉得他还没准备好?"

卡佩克没有回答,而是给我打了一针。我想听完那段我正在听的演讲,但我肯定在几秒钟内就睡着了。接下来我只听到了达克在恭敬地对我说话:"快醒醒,先生,快醒醒。我们已经降落在利珀斯海空天站了。"

第八章

我们的月球没有空气，喷射飞船可直接降落。但是，汤姆·潘恩被设计成只适宜停留在太空，与轨道空间站接驳，因此它只能降落在一个支架上。我希望自己当时是醒着的，可以观看降落过程。他们说，与之相比，用盘子接住一个鸡蛋要简单得多。达克是不超过六个有此能力的飞行员之一。

我甚至连汤姆坐在支架上是什么样子的也没看到，我看到的只是一连串的内壁，包括已连接上气闸的登机桥，还有通往新巴塔维亚的真空管——在这些管子里行驶的速度是如此之快，以至于在月球的低重力下，你在途中又陷入了失重状态。

我们首先去了分配给反对党首领的公寓。这是邦夫特目前的官方居所，他可以一直住到赢得（如果）接下来的选举之前。这地方的辉煌让我不禁开始想象首相官邸是什么样子。我相信，新巴塔维亚应该是有史以来拥有最多宫殿群的首都，遗憾的是你很难从外面观察到它——不过考虑到它是整个太阳系内唯一能抵御氢弹的城市，这个小小的缺陷也就不算什么了。或者，我应该说"防氢弹渗透"更恰当些，因为有些地表建筑能够被摧毁。例如，邦夫特的公寓就包括了一间藏在悬崖内的高层起居室，通过一个气泡状的阳台能看到群星和地球母亲——他的卧室和办公室躲在了一千英尺厚的岩层下，只能搭私人电梯前往。

我没有时间参观整个公寓，他们在帮我换装，以准备觐见。邦夫特在地面上也没有男仆，但罗杰坚持要"帮忙"（他起到了反作用）做最后的修饰。服饰是古典式的宫廷正装，管状的肥裤子，傻气的上衣拖着一条羊角锤式的尾巴，上下都是黑色的。内衣由硬邦邦的白色胸垫、高耸的领子和白色的领结组成。邦夫特的内衣是一体式的，因为（我觉得）他没有服装师帮忙。正确的做法是这些东西要一件件分开穿上，领结要故意系歪一点以显示这是手系的——不过，你不能指望一个人既懂得政治，又懂得历史上的着装艺术。

这是套难看的衣服，不过它的确很衬斜挎在胸前的维勒姆皇朝绶带。我在一面长镜子里打量自己，并对效果表示满意。纯

- 155 -

黑白的背景突出了绶带的颜色。传统的服饰尽管难看，但它的确显得庄重，就如同一位严肃的高级管家。我决定在等待接见期间都要保持仪态。

罗杰·克里夫顿给了我一个卷轴，理论上里面应该写着我提名的各个部长的名字。他又往我口袋里塞了一份名单副本——飞船刚降落，杰米·华盛顿就起身将正本送往了皇帝的公务秘书处。理论上，接见的目的是为了让皇帝告诉我他期待由我来组成政府，并由我递上官员的任命推荐。在皇帝批准之前，我的推荐应该是个秘密。

实际上，选择已然做出。整个航行期间，罗杰和比尔都在拟定内阁成员名单，并通过加密的官方通信渠道来回沟通，确保被提名者可接受任命。我研究了每个被提名者及其备选者的法利档案。话说回来，名单也可以说是保密的，因为只有在觐见完皇帝之后，新闻机构才会获知。

我接过卷轴并拿起了法杖。罗杰吓了一跳："上帝，伙计，你不能拿着那玩意儿去见皇帝。"

"为什么？"

"嗯？它是件武器。"

"它是礼仪武器。罗杰，任何一个公爵或是小男爵都带佩剑。我要带着它。"

他摇了摇头:"他们必须带。你不懂这背后的古老律法吗?他们带着佩剑,象征着他们本人有义务用武力保卫他们的领主。但你只是个平民,照传统你不得佩带任何武器。"

"不对,罗杰。如果按照你的意思做,我们会错过良机。我知道什么是精彩的表演,我这么做才是对的。"

"我好像没听懂你的意思。"

"好吧,听着,如果我带了法杖去皇宫,消息今天就该传到火星了吧。我的意思是传到巢穴里?"

"嗯?应该吧。是的。"

"当然会。我相信每个巢穴里都配备了影像接收装置。在凯凯凯巢穴里我就看到了很多个。他们跟我们一样,都密切关注着帝国里的新闻。不是吗?"

"是的。至少长老们会。"

"如果我带了法杖,他们会知道。如果我没带,他们也会知道。它对他们意义重大,它意味着是否合乎规矩。没有哪个成年火星人在出巢之后或是出席庆祝仪式时不带着法杖。火星人也曾觐见过皇帝,当时他们带着法杖,不是吗?我愿意用命来打赌。"

"是的,但是你——"

"你忘了我也是个火星人。"

罗杰仿佛陷入了沉思。我继续说着:"我不仅仅是约翰·约瑟夫·邦夫特,我也是来自凯凯凯巢穴的凯凯凯杰杰杰恩。如果我不带法杖,那我就严重违背了规矩——老实说,当消息传到那边时,我也不知道会有什么后果。我对火星人的习俗了解得还不深。现在,咱们反过来说。当我拿着这根法杖走过走廊,我就是一个皇帝即将封为首相的火星公民。这对巢穴来说意味着什么?"

"我承认我没考虑周全。"他缓慢地回答道。

"我也还没想透,但是我必须做出决定。邦夫特先生应该会想透吧——甚至在他接受收养邀请之前就想透了?罗杰,我们抓住了老虎的尾巴,唯一能做的就是骑上去。我们不能放了它。"

就在这时,达克出现了。他赞同了我的决定,并对克里夫顿的犹豫表示惊奇:"是的,我们要做的事没有先例,罗杰——但是,在我们成功之前,我们还将制造更多的先例。"然而,在看到我拿法杖的姿势后,他发出了一声尖叫:"上帝,伙计!你想干掉谁吗?或是在墙上戳个洞?"

"我没按按钮。"

"谢谢你的好心!你连保险都没关。"他小心翼翼地从我手里接过了它,说道,"你转一下这个环——把这个塞到槽里——它就只是一根棍子了。嘘！"

"哦，对不起。"

他们送我到了皇宫的更衣室，并把我交给了维勒姆皇帝的侍从官帕蒂尔上校。他是个面目和蔼的印度人，身着炫目的皇家太空军制服，举止相当优雅。他对我鞠躬的角度肯定用游标卡尺量过。它表示我即将成为首相，但还没正式当上，同时虽然我官位高于他，但不管怎样仍是个平民——然后在这个基础上再减去五度，因为他右肩上佩戴着御赐绶带。

他瞥了法杖一眼，平静地说道："那是火星人的手杖，是吗，先生？有意思。恐怕你得留它在这儿——为了安全。"

我说道："我要带着它。"

"先生？"他扬起了眉毛，等着我纠正自己那明显的错误。

我换上了一副邦夫特用来对付傲慢者的惯常表情。"伙计，你管好你自己的事，我会管好我自己的。"

他的脸立刻变得毫无表情："好的，先生，请跟我来，好吗？"

我们在通往大殿的走廊里停了下来。远处高台上的王座仍然空着。大殿两旁站着两排长长的贵族和内廷官员，都在等着。我猜帕蒂尔肯定是给了什么信号，因为皇家乐声突然响起，我们都停止了动作，帕蒂尔如同机器人一样笔挺，我自己则是微驼着背，符合一个过分操劳的中年人在这种场合下不得不竭力站好，以应付宫廷礼仪的样子，整个宫廷仿佛橱窗里的陈列品一般。我希望我们永远不会放弃这种正式的宫廷庆典，贵族们穿着盛装，持矛手们盔甲鲜明，分外壮观。

伴随着音乐的最后几个小节，他从后方现身，坐到了王座上——维勒姆、奥兰治王子、拿骚公爵、卢森堡大公、神圣罗马帝国骑士首领、皇家军团海军上将、火星人巢穴顾问官、平民保护者，以及蒙上帝恩宠，低地国王和行星及星际空间的皇帝。

我看不到他的脸，但这仪式在我内心激起一阵共鸣的暖流。我不再对贵族身份有敌视了。

维勒姆皇帝坐下后，音乐也停了。在场的人纷纷行礼，他点头致意，宫殿内掀起了一股轻松的气氛。帕蒂尔退开了。我胳膊下夹着法杖，开始了长征，考虑到低重力，所以只微瘸着一条腿。过程与走向凯凯凯的内巢十分近似，只不过我没觉得害怕。我觉得温暖和激动。整个帝国都在注视着我，音乐从《国王克里斯蒂安站在高耸桅杆上》变到了《马赛曲》，又变到了《星条旗》[1]，等等。

在第一道警戒线前我停了下来，鞠躬，然后又在第二道、

---

[1]《国王克里斯蒂安站在高耸桅杆上》为丹麦国歌，《马赛曲》为法国国歌，《星条旗》为美国国歌。

最后在台阶前的第三道前又重复了一遍。我没有下跪。贵族必须下跪，但平民与皇帝共享主权。有时他们会在舞台上或影视剧中搞混，罗杰特意提醒了我该怎么做。

"拜见陛下！"如果我是个中国人，我还会加上"万岁"，但我是美国人。我们互相交换了几句硬背下来的简单的拉丁文，他问我需要什么，我提醒他是他召我前来。然后，他换成了英语，带有一点新英格兰口音。

"你曾衷心侍奉父皇。我等希望你能同样侍奉我们。你意下如何？"

"遵旨，陛下。"

"请上前来。"

或许我太入戏了，不过通往高台的台阶的确很高，我的腿真的有点疼——心理上的疼痛跟肉体上的一样真实。我几乎摔了一跤，维勒姆一下子从王座上弹起扶住了我。我听到大殿里响起了一阵轻呼声。他笑着看着我，低声说道："小心点，老朋友。我会尽快结束的。"

他扶我在王座前的圆凳上坐下，随后又优雅地转身坐回到王座上。他伸手问我要卷轴，我递给了他。他打开卷轴，假装在端详着其实是空白的页面。

音乐换成了轻松的室内乐，宫廷内的气氛已渐渐变得活

- 161 -

跃，女士们在欢笑，爵爷们对着她们献殷勤。人们都没有远离自己的位置，但也没有站着不动。小侍童们端着甜品盘子走来走去，如同米开朗琪罗雕刻的小天使。其中的一个跪在维勒姆身前，他动手取了一些，但目光没有离开不存在的名单。侍童随后转向我，我也拿了一个，不知道这么做是否合适。那是种美妙的、无与伦比的巧克力，只在荷兰出产。

我发现我认出了几张贵族的脸孔，我在照片上看到过。大多数在地球上失业的贵族都在这儿，躲藏在他们的公爵伯爵之类的名号之下。有人说维勒姆把他们扣留在这里，以免宫廷显得太过冷清；还有人说他想看着他们，不让他们参与政治或其他不好的事情。或许这两者都有点。这里还有来自十几个国家的非皇室一脉的贵族，其中几个甚至还靠工作来养家。

我不自觉地开始寻找哈布斯堡嘴唇和温莎鼻[1]。

维勒姆终于放下了卷轴。音乐和谈话声刹那间也停了下来。在一片寂静之中，他说道："你推荐了一份完美的名单。我们非常感谢。"

"你太慷慨了，陛下。"

"我们会仔细权衡并告知你结果。"随后，他探身往前跟

---

[1] 哈布斯堡王朝和温莎王朝皆为古代欧洲史上著名的统治家族，嘴唇和鼻子分别为其家族最具标志性的遗传特征。

我小声说道，"先别退下，站起来就好。我马上就离开。"

我轻声答道："哦，谢谢，陛下。"

他站起身，在我慌忙起身时，他已经转身离去了。我环顾了四周，发现有些人露出了吃惊的表情。音乐又响了起来，我被领着走了出去，贵族们又开始了礼貌的交谈。

我走到弯曲的走廊尽头时，帕蒂尔正等着我："麻烦往这边走，先生。"

官样文章结束了，真正的觐见这才开始。

他带着我穿过了一扇小门，进入了一个空荡荡的走廊，然后又穿过了一扇小门，进入了一间安静的普通办公室。里面唯一的皇家气息是墙上挂着的一幅木雕，那是奥兰治家族的盾形纹章，上面还刻着不朽的箴言："坚持"。屋里有一张巨大的办公桌，上面摆满了文件。桌子的正中央、用一对金属婴儿鞋压着的，正是名单的正本。在铜制画框内镶着一张家庭照，照片里是已故的皇太后和孩子们。一张略显破旧的沙发挨在墙边，墙后是个小酒吧。屋里还有一对扶手椅，书桌旁还有一张转椅。剩下的家具看上去都适合摆放在一个忙碌但不显摆的医生办公室里。

帕蒂尔留下我一个人，并在离去时关上了门。我还没时间考虑找地方坐下是否得体，皇帝已经从对面的一扇门里走了进来。"你好，约瑟夫，"他喊了一声，"很快就回来。"他大步穿过屋子，后面紧跟着两个侍从，在他走路的当口帮他宽衣。他们一起穿过了第三扇门。他很快就回来了，进来时还在扣着一件长袍的扣子。"你抄了近路，我必须绕道。我要命令宫廷的工程师再挖一条通道，就在大殿的后方，太不方便了。我必须绕过一个正方形的三条边——要么只能穿得像马戏团里的马一样经过半公开的走廊。"他还郑重地加了一句，"在这些愚蠢的袍子下面，我除了内裤之外，什么也不穿。"

我说道："我不知道它们是不是跟我穿的这件猴子外套一样不舒服，陛下。"

他耸了耸肩："好吧，我们两个都得忍受工作带来的不便。怎么没给自己倒杯酒？"他拿起了内阁成员任命名单，"去倒吧，给我也来一杯。"

"你想喝什么，陛下？"

"嗯？"他抬头锐利地看了我一眼，"老样子。当然是威士忌加冰。"

我什么也没说，倒了酒，并在我那杯里加了点水。我突然感觉很不安，如果邦夫特知道皇帝总是喝威士忌加冰，它应该出现在他的法利档案里。然而并没有。

不过，维勒姆只是接过了酒杯，并没有再说什么，只是嘟囔了一句"点火"，依然埋头在名单上。不久，他抬起头说道：

"你觉得这些小伙子怎么样,约瑟夫?"

"陛下,这只是个临时内阁。"我们尽可能地在每个部长位置上都配备了两个候选人,邦夫特也会暂且兼任国防部长和财政部长。在三个位置上,我们将临时任命颁给了目前在任副部长的职业公务员——分别是科技部、人口管理部和外层空间部。那些将在正式政府中担任这三个职位的人都因忙着准备选举而无法脱身。

"是的,是的,这些都是你的第二梯队。嗯……这个叫布劳恩的人怎么样?"

我大吃一惊。我一直以为维勒姆会二话不说就接受这份名单,然后跟我聊点别的。我不担心聊天,一个会聊天的人只要做到让对方一直说话就行了。

洛萨·布劳恩是颗冉冉升起的政治新星。我对他的了解都来自法利档案,加上罗杰和比尔的补充。他是在邦夫特卸任之后才冒头的,因此并未担任过任何内阁职务,但是任职过党团会议警卫官和初级党鞭。比尔坚持说邦夫特计划将他火箭提拔,因此需要在看守政府中试炼他一下。他提议他为对外交流部部长。

罗杰·克里夫顿似乎不怎么同意。他先写下的名字是安琪·杰西·德拉托里,劳工部的次长。不过比尔说要试一下布劳恩有没有潜力,这次是一个很好的机会,而且不会造成什么后果。克里夫顿同意了。

"布劳恩？"我回答道，"他是个有前途的年轻人，很优秀。"

维勒姆没再说什么，又研究起名单来。我竭力回忆着邦夫特在法利档案里到底怎么评价布劳恩的。优秀……勤奋……思路清晰。他说过什么负面评价吗？没有——噢，可能是——"太过友善"。这也算不上什么批评。不过，邦夫特并没有提及任何跟忠诚或诚实之类有关的正面评价。这可能也没什么，法利档案并不是一份品质研究，只是本数据集而已。

皇帝放下了名单："约瑟夫，你计划马上将火星人巢穴并入帝国吗？"

"嗯？肯定不会在选举之前，陛下。"

"别装了，你知道我说的是选举之后。你忘了我的名字了吗？在这种私下场合，从一个年长我六岁的人嘴里冒出'陛下'这种称呼，显得很傻。"

"听你的，维勒姆。"

"你我都知道我不应该关心政治。但你我也知道这个假设很愚蠢。约瑟夫，你卸任期间致力于让火星人整体加入帝国，"他指了指我的法杖，"我相信你已经做到了。如果你赢了选举，你应该能让大议会通过议案，我也能昭告天下。你怎么说？"

我略微考虑了一下。"维勒姆，"我缓慢地说道，"你知道我们一直都是这么计划的。你现在提起这个话题，背后肯定有什么原因。"

他一口喝干了杯中酒，盯着我，装出一副新英格兰的杂货店老板准备叱责夏季临时工的样子："你在问我的意见吗？宪法要求你给我提供建议，而不是反过来。"

"我欢迎你的意见，维勒姆，但我不保证会听从。"

他笑了："你这家伙从来就不保证任何东西。好吧，让我们假设你赢了选举，回到了位置上——但是，你仅以微弱优势取胜，可能会在议会投票决定是否给予火星人完全的公民权时遇到麻烦。如果没通过，我建议你不要动议不信任案投票。输了就输了，承认失败，继续做你的首相，做完整个任期。"

"为什么，维勒姆？"

"因为你和我都有耐心。看到那个了？"他指着他家族的盾形纹章，"'坚持！'它不是个耀眼的词语，但作为国王，他要做的不是耀眼，而是要忍耐，要坚持，要逆水行舟。从宪法上来说，你是否在台上跟我无关，但整个帝国是否能团结一致对我很重要。我认为，如果你在当选后没能马上完成火星人的事项，你可以等——因为你的其他政策仍广受欢迎。你能在今后的补选中累积选票，最终你肯定可以达成目标，对我说我可以把火星并入帝国的版图。所以，不要着急。"

"我会仔细斟酌的。"我谨慎地说道。

"一定要考虑清楚。现在，谈谈移民驱逐系统？"

"选举后我们马上就会废除它。"我可以给出非常肯定的回答，邦夫特憎恨这个系统。

"他们会就此攻击你的。"

"让他们攻击吧。我们会赢得更多的选票。"

"很高兴听到你仍然保持着斗志，约瑟夫。我从来就不喜欢奥兰治的旗帜悬挂在驱逐船上。自由贸易？"

"是的，在选举之后。"

"你不担心财政收入减少吗？"

"我们认为贸易和生产将会急剧扩张，足以弥补损失的关税。"

"如果不行呢？"

在这个问题上我没有候补答案——而且经济学对我而言就是个谜。我狡黠地笑了："维勒姆，想问我个措手不及吗？整个开拓党的基石就建立在自由贸易、自由迁徙、统一公民权、统一货币以及最小限度的行政干预之上。这么做不仅对帝国的公民有利，对帝国本身也有利。如果我们需要钱，我们会想办法——但不会通过把帝国割裂成无数小辖区的方式。"除了第一句，整段话都是邦夫特的意思，只是语气稍有改变。

"用不着在我面前发表选战演讲，"他哼了一声，"我只不过提了个小问题而已。"他又拿起了名单，"你确定这份名单是你真实的想法？"

我伸手去要名单，他递给了我。妈的，显然皇帝在以宪法允许的方式跟我强调，布劳恩可能是个错误的选择。但是，我算哪根葱，怎么能更改比尔和罗杰拟定的名单呢。

话说回来，这不是邦夫特的名单，只是他们认为邦夫特在清醒的状态下会这么选择而已。

我突然间希望时间可以暂停，然后问下佩妮对布劳恩的感觉。

随后，我从维勒姆桌子上拿起笔，划掉了"布劳恩"，加上了德拉托里——用大写。我仍然不敢模仿邦夫特的笔迹。皇帝说道："我认为这是个好名单。祝你好运，约瑟夫。你会需要的。"

觐见就此结束了。我焦急地想要离开，但是你不能丢下皇帝不管，这是他们尚且留有的特权之一。他想让我参观他的工作室和新的火车模型。我猜他应该比任何人都热衷于这项古老的爱好，我本人并不认为它是个适合成年人的游戏。我对他的新模型"皇家苏格兰号"发出了礼貌的应付声。

"如果我有时间,"他趴在地上盯着引擎说道,"我应该能当个称职的技工——大师级的。我投错胎了。"

"你真觉得你会更喜欢干技工吗,维勒姆?"

"我不知道。我现在的工作也不坏。既不辛苦,收入也不错——社会地位更是一流——只要不发生革命,我的家族在这方面的运气一直不错。但是,它总体来说很无聊,一个二流演员也足以应付。"他瞥了我一眼,"我替你承担了很多烦人的工作,庆典、游行,等等,你懂的。"

"我知道,我非常感激。"

"只有在非常偶然的情况下,我才有机会朝着正确的方向推一把——我认为的正确的方向。皇帝是个无聊的职业,约瑟夫,你不会想当的。"

"只怕就算我想当,也太晚了。"

他对玩具做了些微调:"我真正的功能是防止你发疯。"

"嗯?"

"当然喽。政府首脑的职业病就是精神出问题。我祖上那些国王是真正管事的,他们都有点神经质。再看看你们美国的总统,从前这工作通常让他们在盛年就死去。不过,我不用管事,我有你这样的专家帮我。同样,你也不会被逼上绝路,如果局面难以承受,你或者在你这个位置上的人总可以辞职。老皇帝——几乎总是'老皇帝'，我们总是在其他人退休的时候才戴上皇冠——还在，他会维护大局，在你们这些专家商量出解决办法之前，保持平稳过渡。"他庄严地说道，"我的工作不仅仅是国家的面子，而且还有实际的作用。"

说完后，他放下了玩具火车，我们一起回到了他的办公室。我感觉他应该会让我走了。他也确实说道："我该放你回去工作了。旅途还顺利吧？"

"还行，一路上我都在工作。"

"我猜也是。顺便问一句，你是谁？"

这感觉就像是警察在肩膀上拍了一下，加上下楼梯时一脚踩空，加上睡着时从床上摔了下来，再加上丈夫突然间提早回家了——所有这些感觉加起来都比不上这句简单的问话。我的心沉了下去。

"陛下？"

"别装了，"他不耐烦地说道，"我的工作有其特权之处。告诉我实话。我一个小时之前就知道你不是约瑟夫·邦夫特了——尽管你可以骗过他的母亲，甚至你的言谈举止都跟他一样。你到底是谁？"

"我是劳伦斯·史密斯，陛下。"我就快晕倒了。

"振作点，伙计！如果我想叫警卫的话，早就叫了。你被派到这儿来暗杀我吗?"

"不,陛下。我——我衷心拥护陛下。"

"你表现忠心的方式很特别。好吧,再给你自己倒杯酒,坐下,跟我说说。"

我跟他说了一切,酒也喝了不止一杯。说完后我感觉好多了。说到绑架时,他看着很愤怒;说到他们对邦夫特大脑做的恶行,他的脸都气黑了。

最后,他平静地说道:"要不了几天他就好了,真的?"

"卡佩克医生是这么说的。"

"在他完全康复之前,不要让他工作。他是个有价值的人,你知道的,不是吗?比得上六个你我加起来。你继续你的扮演工作,直到他康复。帝国需要他。"

"是,陛下。"

"别再说'陛下'了。你在扮演他,叫我'维勒姆',就像他一样。你知道我怎么看穿你的吗?"

"不知道,陛——维勒姆。"

"他叫我维勒姆已经叫了二十年。只是因为国事觐见,在私下里他就放弃了这个习惯,让我觉得奇怪。但是,你的表演太出色了,我没有真的产生怀疑,只是开始警惕。接着,当我们去看火车时,我确定了。"

"为什么？"

"你太有礼貌了，伙计！我曾经让他看过我的火车——他的反应总是一点也不客气，说一个成年人不应该这样浪费时间。这是我们俩之间的小游戏，我们都觉得好玩。"

"噢。我不知道。"

"你怎么可能知道？"我在想其实我应该知道，那个该死的法利档案应该告诉我的……直到后来我才意识到档案没问题，从它建立的初衷来看，它是用来让名人来记住普通人的细节。然而，皇帝不是普通人，邦夫特当然不需要档案来记住维勒姆的细节！同时，他也可能觉得在一份由秘书保管的档案里记下皇帝的细节并不妥当。

我疏忽了最明显的事实——不过即便我早些意识到档案并不完备，也无计可施。

皇帝仍然在说话。"你完成了一项壮举——在火星巢穴里冒着生命危险，而且你还有勇气面对我。告诉我，我曾经在哪里见过你吗，或是见过你的影像？"

在他问我名字时，我告诉他的是真名，他可是皇帝啊。现在，我带着期许奉上了我的艺名。他看着我，摊开双手，笑了起来。我觉得有些受伤："呃，你听说过我吗？"

"听说过？我是你忠实的粉丝。"他紧紧盯着我，"但是，你看着仍然是邦夫特。我无法相信你是洛伦佐。"

"我就是。"

"噢，我信，我信。你还记得那个小喜剧吗，你在里面演个流浪汉？你先是给牛挤奶——没成功。然后你从猫的盘子里捡东西吃——但是连猫都把你推开了？"

我说记得。

"我几乎把磁带都看破了，看得我又哭又笑。"

"要的就是这效果。"我犹豫了一下，随后承认了"疲惫的威利"是从另一个世纪的一个伟大艺术家[1]那里学来的。"不过，我更喜欢演正剧。"

"就像现在这个？"

"嗯……不一样。这个角色演一遍就够了。我不想长期演下去。"

"我同意。好吧，告诉罗杰·克里夫顿——不，别跟他说。洛伦佐，我看不出让其他人得知我们之间过去一小时的谈话有什么好处。如果你告诉克里夫顿，即便你跟他说了我不会怪罪，他也会紧张的。他还有工作。保密，好吗？"

"遵旨。"

---

1 指喜剧大师查理·卓别林和他创造的"流浪汉查理"形象。

"别来这套。我们不说,因为这么处理最好。抱歉我没法去看望约瑟夫老伙计。我也帮不了他——尽管以前人们总觉得皇帝的抚摸具有魔力。我们什么也不说,假装我什么也不知道。"

"好的——维勒姆。"

"你该走了。我把你留得太久了。"

"听你的。"

"我让帕蒂尔带你出去——你知道怎么走吗?稍等——"他在书桌上翻着,自言自语道,"那个小姑娘肯定又收拾我东西了。哈,找到了。"他递过来一本书,"我们可能不会再有机会见面了——走之前能给我个签名吗?"

第九章

我看到罗杰和比尔时,他们正在邦夫特的上层起居室内坐立不安。我刚一出现,寇斯曼就迎了过来:"你去什么鬼地方了?"

"和皇帝在一起。"我冷冷地回答道。

"你比正常时间多花了五六倍。"

我懒得回答。自从那次跟演讲稿有关的争吵以来,寇斯曼和我依旧能和平相处,相互合作,但这就好比是一桩没有爱的买卖婚姻。我们并没有真正和好,心中的钉子还没有拔除。我没有刻意想去缓和关系,也找不到这么做的理由——在我看来,他的父母可能是在化装舞会上认识的。

我不喜欢和同事争吵，但寇斯曼唯一能接受我的方式是把我当作仆人，手里拿着帽子，谦卑地叫着"先生"。我不会让他得逞，即使为了和平也不会。我是个专业人士，被雇来从事一项艰难的任务。专业人士不会走小门，他们应当被尊重。

因此，我没理睬他，而是问了罗杰："佩妮在哪儿？"

"和他在一起。还有达克和医生。"

"他在这儿？"

"是的，"克里夫顿迟疑了一下，"我们把他安置在你卧室套房内的夫人房间。那是我们唯一能找到的既能保密又能照顾他的地方。希望你不要介意。"

"当然不会。"

"不会给你添麻烦的。你可能注意到了，两个房间只是通过化妆间相连，我们已经封上了门，隔音效果很好。"

"听上去是个很不错的安排。他怎么样？"

克里夫顿皱起了眉头。"好点了，好多了——整体上来说。大部分时间里他的意识都还清醒，"他犹豫了一下，"你可以去看他，如果你想的话。"

我迟疑了更久："卡佩克医生觉得还要多久他才能出现在公众场合？"

"很难说，应该不会太久。"

"多久？三四天？如果时间够短，我们可以取消所有的约见，让我就此消失。罗杰，我不知道该怎么表达才合适，尽管我非常想见他，向他致意，但我觉得在我最后谢幕之前最好不要见到他。这么做可能会毁了我的演出。"我因为出席了父亲的葬礼而犯了个巨大的错误，之后好几年，每当我想起他，我总是看到他躺在棺材里的样子。过了很长时间，我才慢慢地重新构造了他的印象——一个强势的真男人，一手将我抚育成人，带我入行。我怕同样的事发生在邦夫特身上。我现在扮演的是一个处于权力巅峰的健康男人，一个从影像资料中学到的男人。我异常担心一旦看到他病了的样子，脑子里的印象会变得模糊，影响我的演出。

"随你吧，"克里夫顿答道，"你最清楚。我们应该可以避免让你再次出现在公众面前，但是我们需要你随时待命，直到他完全康复。"

我几乎就说出了皇帝也希望这么做。但是我忍住了——想到皇帝揭穿了我，让我差点出了戏。不过这倒提醒了我。我拿出了更改过的内阁名单，把它递给了寇斯曼："这是经批准的新名单，比尔。有一个改动——布劳恩换成了德拉托里。"

"什么？"

"用德拉托里替换了布劳恩。皇帝的意思。"

克里夫顿显得异常震惊，寇斯曼显得又震惊又愤怒："皇帝又怎么样？他无权这么做。"

克里夫顿缓慢地说道："比尔是对的，头儿。作为一个宪法专业律师，我向你保证皇帝的确认只是名义上的。你不应该让他做出更改。"

我想冲着他们叫嚷，但邦夫特平和的个性阻止了我。今天是非常具有挑战性的一天，尽管我的表演十分精彩，但还是出现了不可避免的纰漏。我想告诉罗杰，要不是维勒姆是个真正的伟人，真正的好皇帝，我们早都进了监狱——而纰漏的发生仅仅因为他们没有向我提供足够的背景资料。然而，我只是简单地说道："生米已煮成熟饭，就这样吧。"

寇斯曼说道："这是你自己的想法！两个小时前我向记者提供了正确的名单。现在，你必须回去改正你的错误。罗杰，你最好现在给皇宫打个电话——"

我说道："安静！"

寇斯曼闭嘴了。我降低了音量继续说道："罗杰，从法律上来说，你可能是对的。我不懂。但是，皇帝就是对提名布劳恩有意见。现在，如果你们两个想去找皇帝理论，随你们便吧。我哪儿也不去。我要脱下这件愚蠢的外套，脱掉鞋子，好好喝几杯。然后我就去睡觉。"

"等等，头儿，"克里夫顿反对道，"你在新闻网上预留了五分钟的时段，宣布新内阁的任命。"

"你来宣布吧。你是内阁的第一副首相。"

他眨了眨眼："好的。"

寇斯曼仍在坚持："布劳恩怎么办？我们承诺了他。"

克里夫顿若有所思地看着他："我可不这么看，比尔。我们只是问了他是否愿意任职，和其他人一样。你应该是这个意思吧？"

寇斯曼像个忘了台词的演员似的犹豫了一下："当然。但是它相当于承诺。"

"在公告之前，它还不是。"

"但是公告已经发出了，我跟你说了，在两个小时以前。"

"嗯……比尔，恐怕你得跟记者们再联络一下，告诉他们你犯了个错误。或者我可以给他们打电话，告诉他们我们错把一个邦夫特先生尚未首肯的初步名单发出去了。我们必须在新闻网公布之前改正这个错误。"

"你的意思是就这么放过他了？"

我以为比尔口中的"他"就是我，而不是维勒姆，但是罗杰的假设与我的相反："是的，比尔，现在不是引发宪政危机的好时候。这个事件不值得。你会去跟记者沟通吧，要么我来？"

寇斯曼的表情让我见识到了真正的无可奈何。他苦着脸，耸了耸肩，说道："我来吧。我会尽量沟通好，尽量挽回我们的颜面。"

"谢谢，比尔。"罗杰柔声答道。

寇斯曼转身就要离去。我喊道："比尔！趁你和新闻机构沟通的机会，我还想向他们宣布一件事情。"

"嗯？你又想说什么？"

"没什么。"实际上，我突然间觉得快难以承受这个角色带来的疲惫和压力了，"跟他们说邦夫特先生得了感冒，他的医生要求他卧床休息。我受够了。"

寇斯曼哼了一声："我会说是'肺炎'。"

"随便你。"

他走了以后，罗杰看着我说道："别太当回事儿，头儿。在这行里，总有不顺的时候。"

"罗杰，我是认真的，你可以在今晚的发布会上提一下。"

"然后呢？"

"我会在床上躺一阵子。邦夫特在上任之前，先生上一场小病，不是什么大事吧？每次我现身，被揭穿的概率就会增大一点——而且每次我现身时，寇斯曼总会找到东西来抱怨。在有人总是抱怨的情况下，艺术家不可能做到最好。应该中场休息了，把幕布放下吧。"

"别担心，头儿。我不会让寇斯曼再出现在你面前了。这里比船上的空间宽敞多了，我们不必挤在一起。"

"别再说了，罗杰，我决心已定。噢，我不会让你难做的。我会一直待在这里，直到邦夫特能接见大众，以免有紧急情况发生。"——我不安地想起了皇帝要求我继续，我也做出了承诺——"不过，把我藏起来更好。到目前为止，我们还没露出什么马脚，不是吗？哦，他们知道——有人知道——参加收养仪式的那个人不是邦夫特——但是他们不敢揭发，即使他们敢也无法证实。同一群人可能会怀疑今天也用了替身，但是他们不确定——因为邦夫特康复得足够快、可以完成今日使命的可能性总是存在的。对吗？"

克里夫顿脸上露出了局促不安的表情："恐怕他们相当确定你是个替身，头儿。"

"嗯？"

"我们对你隐瞒了一些事实，怕你紧张。卡佩克医生在第一次检查他时，就很确定他无法出席今天的觐见，除非有奇迹发生。给他下药的那些人应该也清楚。"

我皱起了眉头："那你之前说他好转了很多，是在跟我开玩笑吗？他到底怎么样，罗杰？告诉我实话。"

"我跟你说的是实话,头儿。这也是为什么我会建议你去看望他——要在之前,即使你想去见他,我也会打消你的念头。"他接着说道,"或许你应该去看看他,跟他说说话。"

"嗯……还是算了。"不和他见面的原因仍然成立,如果我不得不再演一次,我不希望我的潜意识出问题。角色要求演的是一个健康人。"但是,罗杰,根据你告诉我的,我更要强调一遍刚才我说的话。如果他们能合理推断今天的是个替身,那我们就更不该再冒险了。我们今天打了他们个出其不意——或者他们在这种场合下无法揭穿我。但是,过不久他们就能找到破绽,设计一些我无法通过的测试——然后一切都完了。"我想了想,"我'病'得越久越好。比尔是对的,我最好得了'肺炎'。"

心理暗示的作用如此强大,第二天一早我醒来时真的开始流鼻涕,喉咙也疼了。卡佩克医生给我开了些药,到晚餐时分我感觉好多了。他发出了"邦夫特先生感染了病毒"的通告。由于月球上的城市都是密封的,且通过空调循环空气,没人会愿意待在一个传染源身旁,因此也没人想绕过护卫直接闯入我的房间。在四天的时间里,我沉浸于邦夫特的书房里,看着他收集的文件和各种各样的书……我发现经济和政治方面的书同样可以引人入胜,之前这些话题从未吸引过我的注意。皇帝派人给我送来了摘自御花园的鲜花——它们真的是给我的吗?

管他呢。我沉浸于变回洛伦佐、甚至是更平淡的劳伦斯·史密斯的享受之中。我发现一旦有人进来,我会一下子又自动入戏了。我控制不住自己,这么做其实没必要,我只见到过佩妮和卡佩克,还有达克也来过一次。

不过,这种日子久了也会无聊。到了第四天,我对那间屋子已经厌烦到了极点,比制片人的候客室还要讨厌。我也感觉孤独。没人陪着我。卡佩克的拜访总是专业而又匆忙,佩妮来的次数也少,每次也都很短。她不再叫我"邦夫特先生"了。

当达克出现时,我觉得很欣喜:"达克!有什么新消息?"

"没什么。我一方面在保养汤姆号,另一方面在帮罗杰处理些政治事务,为大选做好准备,他都快得胃溃疡了,"他坐了下来,"政治!"

"嗯……达克,你怎么会卷入政治的?我觉得宇航员跟演员一样,都对政治不感冒。你是个特例。"

"也对也不对。多数时候他们连学校是否开着都不关心,只要能让他们在天上打滚就好。但是,为了能做到这一点,你得有货物,货物意味着贸易,而赚钱的贸易意味着自由贸易,任何船都来去自由,没有关税,没有限制区域之类的玩意儿。自由!然后你就卷入了政治。至于我本人,刚开始我来是为了游说

'持续航行'提案，三角贸易的货物不用交两次关税。那当然是邦夫特先生的提案。就这样，不知不觉我已经当了六年他私人飞船的船长，同时从上次大选之后开始代表我的同业公会。"他叹了口气，"我自己都不清楚是怎么走到这一步的。"

"我猜你应该急着离开吧。你会再次参加大选吗？"

他盯着我："嗯？兄弟，你只有参与了政治，才没白活这一遭。"

"但是，你说了——"

"我知道我说了什么。它很激烈，有时很肮脏，总是很辛苦，各种麻烦不断。但它是唯一的成年人游戏，其他游戏都是小孩玩的，全部都是。"他站了起来，"该走了。"

"哦，再待一会儿。"

"不行啊。明天大议会就要召开了，我得去帮一下罗杰。我本来就不该来。"

"是吗？我不知道。"我知道大议会，也就是即将解散的这个议会，需要最后再召集一次，来批准过渡内阁。但是，我没往心里去。它只是个过场，就像将名单呈交给皇帝一样。"他能出席吗？"

"还不行。你不用担心。罗杰会替你向议会道歉——我是说替他——因病缺席，并依程序要求代理出席。然后他会宣读临时首相的发言稿——比尔正在准备。接着他会动议成立看守政府。同意，不会有讨论，通过。休会——最后大家都匆忙回家，开始承诺投票人可以娶两个老婆，每个周一都会收到一百块钱。见怪不怪。"他又恨恨地加了一句，"哦，还有！人类党的一些成员会动议一个人情举措，送来一篮子鲜花，大家会使劲鼓掌通过。实际上他们恨不得把花送到邦夫特的葬礼。"

"真的这么简单？万一代理出席没有被通过呢？我怎么觉得大议会不认可代理出席呢？"

"他们确实不认可，但只针对一般情况。你要么弃权，要么出席投票。但现在议会就要解散了，如果明天他们不同意代理，他们必须等到他康复才能宣布解散，才能开始干真正重要的事，也就是诱惑选民。事实上，自从吉洛迦辞职以来，出席议会的人数始终未能超过法定最低数目，只好一直处于休会状态。这个议会就像恺撒的鬼魂一样死透了，但它必须按照宪法规定来一次真正的终结。"

"好的——但万一有傻子跳出来反对呢？"

"没人会跳出来的。要真是这样，可能会引起宪政危机。不过，它不会发生的。"

我们两个都没再开口，达克也没有要离开的意思。"达克，如果我出席并做演讲，会让事情简单些吗？"

"嗯？老天，我还以为没的谈了。你已经决定没必要再冒一次险，除非万不得已。整体来说，我同意。多行夜路必见鬼嘛。"

"是的。不过这只是走个过场，对吗？跟演戏一样台词都固定了？有可能出现什么我对付不了的意外吗？"

"那倒没有。照惯例，会议结束后你得召开记者招待会，但是你可以用病了做借口。我们会陪着你走安全通道，避开他们。"他狡黠地笑了，"当然，我们无法避免某个疯子偷偷带了把枪进入访客区……在遭遇暗杀之后，邦夫特先生总是戏称它为'射击区'。"

我的腿突然传来一阵刺痛："你想吓跑我吗？"

"我在鼓励你。"

"你的鼓励方式很特别，达克，跟我说实话，你想让我明天现身吗，还是不想？"

"当然想喽！要不然我这么忙还到你这里来干吗？为了跟你聊天？"

议长敲了几下小木槌，随堂牧师做了祈祷，尽量规避了各种宗教的不同之处——所有人都保持着肃静。座位只坐满了一半，但大厅里挤满了游客。

喇叭里传来了仪式性的敲门声。侍卫官用权杖敲着门。皇帝三次要求开门，三次都被拒绝了。随后他祈求被授予特权，并在口头表决中获得了特权。我们全体起立，维勒姆走进来在议长桌子后的椅子上坐下。他穿着上将制服，并按照要求，身边只有议长和侍卫官的陪伴。

随后，我胳膊下夹着法杖从前排椅子上站了起来，向议长致意，仿佛皇帝没有在跟前。我发表了演讲。不是寇斯曼准备的那篇，我一看完他准备的就直接扔了。比尔把它写成了选战演说，但现在的时间和地点都不适合。

我准备的讲稿很短，也不分党派，直接从邦夫特的笔记里摘抄而来，和以前他组成看守政府时表达的意思一致。我祝愿大家拥有美好的生活，希望大家珍爱彼此，就像我们爱皇帝和他爱我们一样。它是一首不超过五百个单词的无韵诗，在有些地方我改了邦夫特以前的话，加上了自己的台词。

他们不得不制止了访客区的欢呼。

罗杰起身动议通过我刚才提及的名字——无异议，书记员记录在案，我向前走去，身旁陪着一个我党成员和一个反对党成员。我能看到议员们偷偷看着手表，可能是在计算是否还来得及赶回去吃午餐。

接着，我向皇帝起誓，在宪法允许的范围之内效忠于他，起誓捍卫和发扬大议会的权利，保护帝国公民的自由，不管他们来自何方——并且尽职做好陛下的首相。牧师搞混了一句誓词，我纠正了他。

我本以为这一切就像剧终时的幕前演说一样轻松，但是，我发现自己哭得都止不住了。当我结束时，维勒姆悄悄跟我说："做得好，约瑟夫。"我不知道他是在跟我说话，还是在跟他的老朋友——我也不关心。我没有擦掉眼泪，我在转身面对议员时让眼泪从脸颊上滚落。我等着维勒姆离开，随后也离开了。

黛安娜公司在那天下午多加了四个航班。新巴塔维亚沉寂了下来，也就是说城里只剩下了宫廷，再加上一百万左右的屠夫、面包师、制蜡烛师和公务员——还有一个核心内阁。

"感冒"好了之后，加上已经在议会大厅公开露面，再躲下去就显得不合情理了。作为首相，我需要抛头露面，否则会招致非议。同时，作为政党的首脑，在进入大选时，我必须见人——至少要见一部分人。因此，我做着该做的事，每天得到邦夫特正走向完全康复的报告。他的进展不错，尽管太慢。卡佩克报告说，在绝对必要的情况下，他可以随时现身——但他不建议这么做。他至少失去了二十磅的体重，而且他的协调性依然很差。

罗杰尽他最大的可能来保护我们两个。邦夫特先生现在知道了他们用了一个替身，刚开始他觉得丢人，现在已意识到了这么做的必要性，并赞同他们这么做。罗杰负责选战，只有在遇到紧急的事时才会咨询他，然后把他的答复告知我，由我在必要时与公众沟通。

给我的保护也同等严密。我跟任何一个身居高位的人一样难以接触。我的新办公室在反对党首脑公寓后方的山里（我们没有搬去更气派的首相官邸，这么做尽管合法，但看守政府没这种"先例"）。

人们可穿过低层起居室直接去往办公室的后门，但是要见到我，他们必须经过五道检查站——除了那几个受到特别优待的人，罗杰会陪着他们穿过一条隧道前往佩妮的办公室，然后再从那里进入我的办公室。

这种安排意味着我在见到任何人之前都可以研究他的法利档案。我甚至都能在他面前翻阅档案，因为书桌上有一处访客看不到的凹下去的观察器，而且一旦他站起来，我可以立刻关上它。观察器还有其他用处。罗杰可以给某个访客特别优待，让他直接到我的办公室，然后离开，留下我们两个独处——他在佩妮的办公室里给我写个字条，它能被投影到观察器里——都是些小要点，例如"多说些好话，但不要承诺任何东西"，或者"他想要的就是能见到皇帝，答应他，让他走"，甚至是"小心应付这个人，他来自摇摆区，而且他不傻。把他交给我，我来跟他讨价还价"。

我不知道谁在运行政府。可能是职业的高级公务员。每天早上我的桌子上都会出现一大摞文件，我会签上邦夫特那个难看的签名，然后佩妮会拿走它们。我从来没时间读它们。帝国机器的庞大使我气馁。有一次，我们得参加一个在外面举行的会议，佩妮带着我走了一条她所谓的近道，穿过了档案区——几英里长的文件架，每个架子上都放满了微缩磁带，传送带连接着所有的架子，好让职员不必花上整天的时间来取文件。

但是，佩妮告诉我她只带我穿过了档案区的一翼。档案的档案，她是这么说的，占据了如同整个议会大厅般大小的山洞。我暗自高兴政治并不是我的职业，某种程度上来说只是一场表演。

会见各色人等是无法避免的杂务，多数是应付差事，因为罗杰或邦夫特通过罗杰会做出决定。我真正的工作是发表选战演讲。一个谣言正悄悄散播，说医生认为我的心脏被病毒感染了，建议我在大选期间留在月球的低重力环境中。我不敢在地球上来一次巡回表演，更不用说去金星了。法利档案在密集的人群面前来不及提供信息，此外还存在行动者组织的威胁——大伙都不想让我的前脑泡在药水里，我尤其不想。

吉洛迦访遍了地球上的各个大陆，站在人群面前发表演讲，大屏幕上还播放着他的立体影像。罗杰·克里夫顿并不担心。他耸了耸肩，说道："让他折腾吧。在群众集会上演讲并不能为他带来新的选票，只会让他疲劳。只有忠实的党员才会参加这些集会。"

我希望他清楚自己在说什么。选战很短，从吉洛迦辞职之日起只有六周的时间就到了投票日。我每天都在演讲，要么是在新闻网络上与人类党对半分享的时段内，要么是录制好了以后送到特定的人群那里。我们制定了一个惯例：首先草稿会被送到我这里，可能是比尔草拟的，但我从未见过他；然后我对它再加工。罗杰会拿走加工过的草稿，通常它会一字不改地通过——偶尔上面也会有邦夫特手改的痕迹，现在他的笔迹已潦草到几乎无法辨认了。

我对他改动的地方从来没有做过即兴发挥，但对其余部分经常会这么做——当你进入情绪，总会有某种更好的、更生动的说法来替代原来的辞藻。我开始意识到他改动的实质：它们总是删除了修饰语，让语言变得更具冲击力，让听众要么喜欢，要么厌恶。

不久之后，改动的地方少了很多。我越来越在行了。

我仍然没见过他。我感觉一旦见到他躺在病床上，我就没法再出演他了。不过，在他的身边人中，我并不是唯一一个没有见到他的。卡佩克把佩妮排除在外——为了她好。当时我并不知晓。我只知道，在我们抵达新巴塔维亚之后，佩妮变得焦虑、恍惚和忧郁。她的双眼下面出现了黑眼圈，像只浣熊——我没法不注意到，但我把原因归结为大选造成的压力和对邦夫特身体的担忧。卡佩克也注意到了，并采取了行动，浅度催眠了她，问了她各种问题，然后他就禁止她再去见邦夫特，直到我结束工作并被送走。

可怜的女孩在去完那个人病房之后心都碎了，她是如此爱他——然后又马上跟一个外貌和言行都跟那个人一致，但却是健康的男人一起工作，她大概开始恨上我了。

经验丰富的卡佩克医生找到了她麻烦的根源，给了她富有裨益的催眠后建议，并从此禁止她再入病房。自然地，我当时被蒙在鼓里，这些跟我都无关。之后，佩妮振作起来，又变成了既可爱又高效的小姑娘。

这让我感觉好多了。承认吧，要不是有佩妮帮忙，我早就打退堂鼓了。

有一种会议我必须亲身出席，那就是大选执行委员会的会议。开拓党是个少数党，但在约翰·约瑟夫·邦夫特的领导力与亲和力黏合而成的联盟中属于人数最多的一派。我必须替代他成为黏合剂，在各个主要角色之间进行调停。参会之前他们会尽可能细地为我做准备，会议期间罗杰会坐在我身旁，在遇到棘手处时会暗示我该走哪个方向。但是，会议必须由我亲身出席。

离投票日还不到两个星期，我们需要举行一个会议来决定安全选区的分配。联盟有大约三十到四十个地区可用来保送某人进入内阁，要么预留给政治秘书（像佩妮这样的人，如果能进入议会将变得更有价值，她可以在议会内沟通，做各种交易，并有权出席各种核心的委员会，等等），要么用在任何联盟觉得有用的地方。邦夫特自己代表了一个"安全"选区，这让他不必分神照顾他本人的选举。克里夫顿也有一个。如果达克想要，他也能分配到一个，但是他已经得到了公会兄弟们的支持。罗杰甚至暗示过我一次，如果将来我以自己的面目回来，只要我开口，我的名字也会出现在名单上。

有些地区总是预留给了党的骨干分子，他们时刻准备在党的命令下辞去职务，因而使得党可以通过补选将人才补入内阁，等等。

不过，整个安排不可避免地给人某种照顾的感觉，而且因为联盟的存在，邦夫特必须理顺各种冲突，并提交一个名单给大选执行委员会。这是项最后完成的工作，在选票派发之前完成，以防各种最后一分钟的变化。

当罗杰和达克进来时，我正在构思一篇演讲稿，并告诉了佩妮不要让任何事打搅我，除了火灾警报之外。吉洛迦昨晚在澳大利亚的悉尼发表了一个离谱的声明，给了我们揭露他谎言并使其难堪的机会。我正在思索如何用演讲来还击，并没有等着草稿送来。我十分希望我的版本能得到通过。

在他们进来时，我说："听听看，"并给他们读了其中关键的一段，"感觉怎么样？"

"肯定能扒了他的皮，"罗杰赞同道，"这是安全选区的名单，头儿。想看一眼吗？我们二十分钟之后就要去会场了。"

"噢，那个该死的会议。我觉得没必要让我看了。你想跟我说什么吗？"不过，我还是接过了名单扫了一眼。我通过法利档案认识了他们中的所有人，而且和其中的一些人见过面。我已经知道了为什么这些人需要特别的照顾。

我的目光停留在了一个名字上：比尔·寇斯曼。

我强压下不快，平静地说道："我看到比尔也在名单上，罗杰。"

"噢，是的，我想跟你说的就是这个。你知道的，头儿，我们也都清楚，你和比尔之间不怎么对付。我不是在批评你，都是比尔的错。但怎么说呢，一个巴掌拍不响。你可能没意识到比尔总觉得被亏待了。这么做好比给他的肩章上增加一颗星,能解决问题。"

"是吗?"

"是的。他一直以来就想要这个。你知道的,我们剩下的人都有职位,我的意思是我们都是大议会的议员。我指的是我们这些围在——呃——你身边的工作人员。比尔觉得不公平。我听到他说起过,在喝了三杯之后,说自己只是个雇来的。他一直觉得受亏待了。你没意见吧?党有这个能力,而且为消除总部内的摩擦,支付这么个小代价也是值得的。"

我已经控制住了自己:"跟我无关。我能有什么意见,邦夫特先生是这么想的吗?"

我察觉到达克瞥了克里夫顿一眼。我追问道:"这是邦夫特先生的想法吗,是吗,罗杰?"

达克严肃地说道:"告诉他,罗杰。"

罗杰慢慢地说道:"是达克和我的主意。我们觉得这么安排最好。"

"邦夫特先生没有同意?你们问他了?"

"没有,我们没问。"

"为什么?"

"头儿,这种事用不着麻烦他。他年纪大了,身体还没康复，我只是在遇到政策方面的重大问题时才会去麻烦他——这个名单不是。我们控制了这些地区，不管由谁来代表都一样。"

"那你为什么还要问我的意见？"

"我们觉得应该让你知道，也知道背后的原因。我们建议你批准它。"

"我？你在问我的决定，把我当成邦夫特先生了？我不是。"我以他不耐烦时的样子用指头敲击着桌面，"如果这决定需要他来下，你应该去问他——如果不是，你就不应该来问我。"

罗杰嚼着他的雪茄，说道："好吧，我没在问你。"

"胡扯！"

"你什么意思？"

"我的意思是：你问我了，说明你心里有疑虑。所以，如果你希望我把这份名单提交给委员会——作为邦夫特的我——那么你就应该去征求他的意见。"

他们坐着一言不发。最后，达克叹了口气，说道："告诉他吧，罗杰，否则我会告诉他。"

我等着。克里夫顿从嘴里拿下了雪茄，说道："头儿，邦夫特先生四天之前中了风，我们现在不能打搅他。"

我惊呆了，一遍遍在心里默念着"高耸入云的城堡，壮观的宫殿[1]",等等。在我恢复平静之后,我问道:"他的神志怎么样了?"

"他似乎挺清醒的,但异常疲倦。在整个星期的囚禁期间,他经历的苦难比我们推测的更多。中风让他昏迷了二十四小时,他现在已经醒了,但是他的左脸瘫痪了,左边身体的大部分也丧失了功能。"

"卡佩克医生怎么说?"

"他认为随着血块的溶解,他应该能恢复到跟以前一样。但是,今后他得更加注意自己的身体。头儿,现在他还在病中,我们必须在没有他的情况下将选战进行到底。"

我产生了一种父亲去世时的失落感。我从未见过邦夫特,我也没从他那里得到过什么,除了在纸上的几处修改之外。但是,一路上我都在依靠着他。一想到他就在隔壁房间,我就有了坚持的勇气。

我深吸了一口气,慢慢地呼了出来,说道:"好吧,罗杰,我们必须坚持。"

"是的,头儿,"他站起身,"我们得去开那个会了。你还有意见吗?"他对着安全选区名单扬头示意。

---

[1] 莎士比亚历史剧《暴风雨》中的台词。

"噢。"我努力让自己思考。或许邦夫特会奖赏比尔，给他"尊敬的"之类的头衔，好让他高兴。邦夫特并不吝啬，他不会做兔死狗烹之类的事。在某篇政治文章中他写道：我不是个聪明人。如果我有什么天分的话，那就是我能挑选人才，让他们发挥作用。

"比尔跟他多久了？"我突然问道。

"嗯？大概四年吧。四年多一点。"

邦夫特显然欣赏他的工作："中间经过了一次大选，是吗？他为什么还没让他当上议员呢？"

"我不知道。他从来没提起过。"

"佩妮什么时候当上议员的？"

"大概三年前，通过补选。"

"这就是你要的答案，罗杰。"

"我不懂你的意思。"

"邦夫特可以随时让比尔成为议员，但他没这么做。把提名换成一个可随时辞职的人吧。如果邦夫特先生想让比尔当，日后可以为他举行一场补选——等他完全康复之后。"

克里夫顿面无表情，只是拿起了名单说道："好的，头儿。"

就在那天，比尔辞职了。我猜罗杰跟他说了他的秀肌肉行动失败了。但当罗杰告诉我时，我觉得后悔，意识到我强硬的态度把我们都置入了险地。我告诉了他我的担忧，他只是摇了摇头。

"他知道一切。是他提议的这项计划。他能给人类党提供多大的弹药啊。"

"别担心，头儿。比尔或许是个逃兵——我看不起这种从战场上逃走的人，一个人不能这么做，决不能。但他不是个叛徒，他的专业不允许他透露客户的秘密，即使你和他已经闹翻了。"

"希望你是对的。"

"相信我，别担心了，干好手头的事吧。"

几天过去了，我得出了结论，看来罗杰对比尔的了解比我的要深入。我们没再听说他的消息，选战照常进行，变得越来越激烈，但并没有任何迹象显示我们的把戏已暴露。我开始觉得放松，全身心地投入到起草邦夫特的演讲之中——有时罗杰也会帮忙，有时他只需表示赞赏。邦夫特先生再次渐渐好转，但卡佩克阻止任何人去打扰他。

罗杰在最后一周时不得不去了地球，有些扎紧篱笆的工作无法通过远程操控来完成。毕竟，选票来自选区，选区经理比演讲者更接近一线。不过，演讲仍得持续，记者招待会依旧一场接一场。我坚持着，达克和佩妮陪伴在左右——当然我变得日益在行，多数问题我已无须思考便能回答。

又到了在办公室召开的一周两次的记者招待会的时间了，罗杰应该要赶回来。我希望他能及时赶到，不过即使剩我一个人也可以应付。佩妮走在我前头，拿着各种设备。我听到她惊呼了一声。

我看到比尔坐在了桌子的尽头。

但是，我像往常一样环顾了屋子一周，说道："早上好，先生们。"

"早上好，首相先生！"多数人回应道。

我接着说道："早上好，比尔。不知道你也来了。你代表哪家机构？"

现场一片安静，等着他回答。大家都知道比尔从我们这里退出了——或是被辞退了。他冲着我笑了笑，回答道："早上好，邦夫特先生。我代表克莱因财团。"

我知道他来意不善，但我在面上保持着平静，免得让他得意。"不错的机构，希望他们付你的酬劳配得上你的价值。回到正题上吧——先回答书面问题。佩妮，你带了问题吗？"

我用事先准备好的答案迅速答完了书面问题，然后靠在椅背上问道："我们还有点时间，先生们。还有问题吗？"

有几个人提问了。对于其中一个问题，我只得用"不予置评"来回答——邦夫特不喜欢说模棱两可的话。最后，我看了眼手表，说道："今天早上就到此为止吧，先生们。"并准备起身。

"斯麦思！"比尔叫道。

我依旧在起身，没有朝他看。

"我在说你呢，冒牌邦夫特先生——斯麦思！"他愤怒了，提高了声调。

这次我朝他看了，带着惊讶——我感觉分寸把握得不错，装出高官在遇到粗鲁对待时表现出的样子。比尔指着我，脸都红了："你这个替身！你这个三流演员！你这个骗子！"

我右边《伦敦时报》的记者轻声说道："需要我叫保安吗，先生？"

我说道："没事。他伤不了我。"

比尔笑了："伤不了你，嗯？咱们走着瞧。"

"我觉得应该叫保安，先生。"那个记者坚持道。

"不用。"随后，我厉声说道，"够了，比尔。你该离开了。"

"想得美。"他开始叙述整个故事，语速飞快。他没有提到绑架，也没有提及自己在这出戏里的作用，但暗示他离开的原因是不想卷入这场闹剧。使用替身的原因是因为邦夫特病了，这一点倒是事实——但他强烈地暗示是我们给邦夫特下药了。

我耐心地听着。大多数的记者开始只是在听他说，如同被卷入家庭争吵的外人一样脸上露出震惊的表情。接着，有些人开始记笔记，或是对着微型录音机说话。

等他说完后，我开口说道："说完了吗，比尔？"

"就说这么多吧，够了吗？"

"我想你说够了，对不起，比尔，今天就到此为止吧，先生们，我必须回去工作了。"

"等一下，首相先生！"有人喊了起来，"你想发布否认声明吗？"又有人接了一句："你会告他吗？"

我先回答了后一个问题："不会，我不会告他。我不会起诉有病的人。"

"有病，我吗？"比尔喊道。

"安静，比尔。至于否认声明，我认为根本没有必要。然而，我看到你们中有人在记笔记。尽管我怀疑有哪个新闻机构会发表这个故事，万一有发表的话，有段轶事倒是可以一起加上。你们听说过有个教授花了四十年时间想证明《奥德赛》不是荷马写的——而是由另一个名字相同的希腊人写的吗？"

这番话引起了一阵礼貌的微笑。我也笑了，准备转身离开。比尔迅速绕过桌子，抓住了我的胳膊："你别想一笑了之！"《伦敦时报》记者——艾克罗伊德先生——把他拉开了。

我说道:"谢谢，先生。"然后对着寇斯曼加了一句，"你想让我干什么，比尔？我不想让你进监狱。"

"你想叫保安就叫吧，冒牌货！我倒要看看谁在监狱里待的时间更长！等着他们采集你的指纹吧！"

我叹了口气，轻描淡写地说道:"这已经不是玩笑了。先生们，我决定还是正式结束这个闹剧吧。佩妮亲爱的，你能让人拿指纹机过来吗？"我知道自己完蛋了——但是，该死的，如果你在泰坦尼克上，在船沉没之前你至少应该保持风度。坏蛋的退场也值得喝彩。

比尔没有等。他抓起了我面前的水杯，我中途喝过几次水:"要什么他妈的指纹机！这就够了。"

"我跟你说过，比尔，在女士面前要注意你的用词。杯子是你的了。"

"你他妈的说对了，杯子归我了。"

"很好。请离开吧。再不走，我就叫保安了。"

他离开了。没人再开口说话。我说道:"你们有人要我的指纹吗？"

艾克罗伊德犹豫地说道:"噢，我们不需要，首相先生。"

"噢，得了吧！如果真的有故事可讲，你们都想报道它。"我坚持，是因为这么做符合角色——而且，你不能表现出丝毫犹豫，像是要掩盖什么的样子——我也不希望在场的朋友们被比尔抢走了头条，这是我能为他们做的最后一件事了。

我们不必去取正规的仪器。佩妮带了复写纸，有人还带了速记本，封面是一层塑料。它们都能完美地提取指纹。然后我道了早安并离开了。

我们径直去了佩妮的办公室。刚一进去，她就晕倒了。我抱着她去了我的办公室，把她放在了沙发上，随后坐在桌子前，战栗了好几分钟。

我们两个在剩下的时间里都有点魂不守舍。我们都尽量表现得正常，不过佩妮拒接了所有的电话，随便找了些理由。我晚上还有一场演讲，正斟酌着是否要取消。我一整天都关注着新闻，但新闻里并没有提及今早发生的事件。我意识到他们应该在检查指纹，尚不敢爆料——毕竟我是皇帝御下的首相，他们需要证据。因此，我决定还是去发表演讲，因为我花了不少心血，而且也预留了时段。我无法与达克商量，他去了第谷市。

这是我最棒的演讲。我运用了喜剧演员在着火的剧场内让自己平静下来的技巧。录制结束后，我把脸埋在手里，低声抽泣。佩妮拍着我的肩膀。我们没有谈论这场灾难。

罗杰于格林尼治时间20点整降落，跟我演讲完成的时间差不多。他立刻前来见我。我用沉重的语气跟他说了整个事件。他听着，嚼着已熄灭的雪茄，脸上没有表情。

说到最后，我几乎在乞求："我必须给他们我的指纹，罗杰。你能理解吧？要是拒绝就太不符合角色了。"

罗杰说道："别担心。"

"嗯？"

"我说别担心。当海牙的身份局送来指纹检测报告时，你会收到一个意外的惊喜——我们的前朋友比尔会收到一个更大的意外，但不会是惊喜。如果他事先收了钱，他们可能会扒了他的皮。我希望他们会这么做。"

我不敢相信他的话："哦！但是，罗杰——他们不会就此停手的。还有很多其他地方，社会安全局，呃，很多地方。"

"你觉得我们考虑得不够周全，头儿？我预料到这可能会发生，不管出于什么原因。在达克宣布启动狂欢节计划的那一刻，必要的掩盖行动就开始了。所有的地方。不过我没对比尔提起过。"他吸了口已熄灭的雪茄，随后把它从嘴里拿了下来，看着它说道，"可怜的比尔。"

佩妮轻声叹了口气，又晕了过去。

第十章

我们坚持到了最后一天。我们没再听说过比尔的消息,乘客名单显示他在惨败之后两天去了地球。新闻里没有提及那天发生的事件,吉洛迦的演讲中也没有暗示过。

邦夫特先生渐渐康复,应当能在选举之后开始工作。他的部分身体仍然瘫痪,但我们找到了解决办法:他会在选举后立刻开始度假,这是几乎所有政治家都会享受的惯例。度假在汤姆号中,以保安全。途中的某个点我会换船并偷渡回地球——头儿会遭遇一次轻微的中风,都是选战闹的。

罗杰得去换回指纹,但他可以安全地等上一年之后再说。

投票日当天,我如同一只埋头在鞋柜里的狗一样兴奋。扮演结束了，只要再短短地现身一次就行了。我已经为新闻网录制了两场五分钟的演讲，一场是大方地迎接胜利，另一场是勇敢地承认失败。我的工作结束了。当录制结束时，我一把抱过佩妮吻了她，她似乎并不介意。

最后的现身是一场私人演出。邦夫特先生想见我——以他替身的样子——之后我才能卸妆。我不介意。演出结束了，我不担心见到他。在他面前扮成他的样子就像是演喜剧，只不过我不会进行任何夸张。你懂我的意思吧，不夸张其实是喜剧的精髓。

整个家庭都聚集在上层起居室——因为邦夫特先生已经好几个星期没见到天空了，他想见一见——我们会在那儿收看选举结果，然后要么喝酒庆贺，要么收起悲伤，发誓下次要努力。我可不想有下次了。我已经经历了我的第一次也是最后一次选战，我不想再参与政治。我甚至都不确定我是否还想演戏。整整六周，每分钟都在表演，相当于演出了五百个普通的场次，已经够了。

他们用轮椅推着他进来了。我躲在外面，让他们先把他在沙发上安顿好。一个男人不应当在陌生人面前展示他的虚弱。而且，我还想来个入场式。

我惊讶得几乎出了戏。他看上去就像我的父亲！噢，这只是种"家族"式的相像，其实他和我的样子更接近，比他或我与父亲的相貌接近程度更深——但是相似度仍然存在，年龄也合适，因为他看上去很老。我没想到他会老得这么快，身材也瘦了很多，头发都白了。

我立刻想到了在接下来的太空假日期间，必须帮他们做好过渡。无疑卡佩克会让他恢复些体重，如果不行，也有办法通过些隐秘的手段让一个人看上去丰满些。我会亲自帮他染发。发布他中风的公告也能掩盖一些不可避免的差异之处。毕竟，他在短短几周内变化太大，需要防止大家察觉到用了替身。

但是，这些具体的事务只是在我脑子的一个角落里盘旋，我自己则沉浸在感动之中。尽管虚弱，但他仍散发出一种精神力量，保持着男子气概。我感觉到了温暖的，几乎是神圣的冲击，就像我第一次看到亚伯拉罕·林肯那座巨大的雕像一样。我还想到了另一座雕像。看到他躺在那里，双腿和无法动弹的左边身体上盖着薄毯：卢塞恩受伤之狮[1]的雕像。他有着巨大的力量和尊严，即便在绝境之中：战士牺牲，但决不投降。

他抬头看着我进来，面带着那种我已经学会的温暖、宽容

---

[1] 卢塞恩受伤之狮：位于瑞士卢塞恩的一座负伤狮子的雕像，用以纪念在1792年8月10日保卫巴黎杜伊勒里宫的战斗中战死的约1100名英勇的瑞士雇佣兵。

和友善的微笑，并用那只好手示意我上前。我以同样的微笑看着他，走到他跟前。他跟我握手，手还相当有力，随后温和地说道："很高兴终于见到你了。"他的话音有些含糊，我现在才看清他离我稍远的那半边脸是瘫的。

"我很荣幸见到你，先生。"我刻意提醒自己不要去模仿他含糊的话音。

他上下打量了我一番，笑了："我怎么觉得你早就见过我了？"

我看了自己一眼："我在努力，先生。"

"努力！你成功了！看到我自己感觉挺奇怪的。"

我突然难过地意识到，他在感情上无法接受自己现在的样子。我现在的样子才是"他的"——任何的改变都只是疾病带来的临时性的变化，他刻意选择了忽视。他接着说道："你介意走几步吗，先生？我想看我——你——我们。我想从观众的角度看一下。"

所以我直起腰，在屋子里转了一圈，跟佩妮说话（可怜的孩子，目光在我们两个中间来回切换，神情茫然），拿起了一份文件，挠了挠我的锁骨和下颌，把法杖从胳膊底下拿到了手里把玩了几下。

他高兴地注视着。所以我又加了段返场。我站在地毯中央，来了段他最出色的演讲，没有一字一句地照着念，而是加上了我的理解，让它自然喷薄而出，如同他本人会做的一样——结束时用了他的结束语：奴隶不会获得自由，除非他愿意去追求自由，你也无法奴役自由人，你最多只能杀了他。

现场沉浸在美妙的寂静之中，随后响起了一阵掌声。邦夫特也在用那只好手拍打着沙发，叫道："太棒了！"

这是我演出以来获得的唯一掌声。足够了。

他让我拉过一张椅子来，坐在他旁边。我看到他瞥了法杖一眼，所以我把它递给了他："保险已经关上了，先生。"

"我知道怎么用。"他仔细地看了一阵子，随后又还给了我。我本以为他会留着它。因为他没留，我决定一会儿把它交给达克，让他在今后转交。他问了我一些个人问题，告诉我他不记得看过我的演出，但是他看过我父亲的《大鼻子情圣》[1]。他费了很大力气控制着不听使唤的嘴部肌肉，话音变得清晰，但说得很吃力。

然后，他问了我接下来想做什么。我告诉他自己还没有计划。他点了点头，说道："这里有你的位置，有你的工作。"他没有提到钱，让我觉得自豪。

---

1 《大鼻子情圣》：法国剧作家爱德蒙·罗斯丹创作于1897年的著名舞台剧。

选举结果开始出来了，他将注意力放到了影像机上。当然，在过去的四十八个小时内，结果一直在出来，因为外层空间和无选区团体的投票比地球上早；即便在地球上，"选举日"也超过了三十个小时，因为地球自转的缘故。但现在是地球大陆上重要选区出结果的时刻。我们在前一天的外层空间选举中遥遥领先，罗杰不得不告诉我这并不代表什么。外层空间一向是开拓党的势力范围。地球上的好几十亿从未去过太空也不想去太空的人才是关键。

我们必须赢取所有应当能赢的外层空间选票。木卫三上的农业党赢得了六个选区中的五个，他们是联盟的一部分，因此开拓党都没有提名象征性的候选人。金星上的情况要棘手一些，因为金星人根据人类无法理解的神学上的细微差别分成了十几个小党派。不过，我们应该还是能赢取大多数的金星人选票，他们要么直接投给我们，要么投给了联盟，而且，我们应该能赢得那地方所有人类的选票。帝国的限制令规定了当地人必须推选人类来代表他们出席新巴塔维亚的大议会，邦夫特已发誓要废除。它让我们拿到了金星上的选票。我们还不知道在地球上我们会丢掉多少。

因为巢穴只派观察员进议会，所以在火星上我们只关心人类的投票。我们广受支持，但他们有赞助。不过，如果计票不出问题，我们应该会赢。

达克弯着腰在罗杰身边摆弄着计算尺，罗杰则摊开一张纸，上面写满了他发明的复杂公式。太阳系中好几十个聪明的计算机大脑在那天晚上都做着同样的事情，但罗杰仍喜欢自己算。他曾经跟我说过，他走入一个选区，"闻一闻"，就能猜到结果，误差不超过百分之二。我觉得他能办到。

卡佩克医生坐在后方，双手放在肚子上，如同蚯蚓一样放松。佩妮在四处游走，给我们拿饮料，时不时撞到点东西。她似乎一直都没正视过我或邦夫特先生。

我从未经历过选举夜的派对。它跟其他派对都不同，里面充满了温暖和谐的气氛。人们如何做出自己的决定其实并不重要，只要你已经做到了最好，你和好朋友、同志们在一起，很快你就忘了忧虑和压力，只感觉到激动，就像是蛋糕上的糖霜，等待着即将揭晓的结果。

我记不起我曾有过这么快乐的时光。

罗杰抬起头看着我，然后跟邦夫特先生说道："地球大陆上的选情激烈。美国人在完全投向我方之前尚在试水，问题是他们愿意试多深。"

"你能预测一下吗，罗杰？"

"还没到时候。哦，我们暂时领先，但结果很难预料，随时可能会输给对方六到七个选区。"他站了起来,"我还是下去溜达一圈吧。"

严格来说,我应该跟他一起去,以"邦夫特先生"的身份。党的首脑应该在选举夜出现在总部。但是,我从未去过总部,那种地方让我紧张,我的演技可能会出纰漏。我的"疾病"给了告假的理由,今晚也不值得去冒险,因此罗杰会替我去,握一握他们的手,展露一下微笑,让那些承担了繁重的文书工作的女孩激动地含泪拥抱他。"一小时以后回来。"

甚至我们的小派对也应该在下层举行,邀请所有的办公室职员,尤其是杰米·华盛顿。但是,这么做不行,我们不能把邦夫特先生排除在外。他们当然也在举行自己的派对。我站起身:"罗杰,我跟你一起去,和杰米的姑娘们打个招呼。"

"嗯?你没必要这么做,没事的。"

"我应该去的,不是吗?不麻烦,也不会有风险。"我转身看着邦夫特,"你认为呢,先生?"

"由衷感谢。"

我们乘着电梯下楼,穿过了空荡荡的私人寓所,接着又穿过了我和佩妮的办公室。她办公室门外传来一片喧闹声。一个特地搬来的影像接收机功率被调到了最大,地板上一片狼藉,所有的人都在喝酒、抽烟,或既喝酒又抽烟。甚至连在收听结果的杰米·华盛顿都拿着一杯酒。他没有喝。他既没有喝酒，也没有抽烟。这杯酒肯定是其他人递给他的，他不得不接着。杰米很注重养生。

我转了一圈，罗杰陪在了我身旁。我真诚地感谢了杰米，对因身体不适无法停留表示了歉意："我要上去躺会儿，杰米。跟其他人解释一下，好吗？"

"好的，先生。注意身体，首相先生。"

我回去了，罗杰则去了外面的公共隧道。

在我进入上层起居室时，佩妮在嘴唇间竖起一根手指，示意我小声点。邦夫特似乎睡着了，接收机的音量也调低了。达克仍然坐在它前面，往罗杰的大表格里填着数字。卡佩克没有动，只是点了点头，向我举起了酒杯致意。

我让佩妮给我倒了杯威士忌加水，然后走入了气泡状阳台。夜深了，无论是屋里的钟表，还是眼前的地球，都是这么告诉我的。在漫天的星光背景之中，地球就像个大圆盘闪闪发亮。我寻找着北美，并想找到几周前我离开的那个小黑点，同时抚平一下我的思绪。

过了一会儿，我回到屋里。月亮上的夜晚极具安抚力。不久，罗杰也回来了，一言不发地坐在了他的表格前。我注意到邦夫特醒了。

关键结果来了，大家都不再说话，让罗杰和他的铅笔、达克和他的计算尺能在安静的环境下工作。经过了漫长的等待，罗杰终于把椅子转了过来。"有结果了，头儿，"他头也没抬说道，"我们赢了。确定至少超过对手七个席位，合理预计超了十九个，最乐观预计超了三十个。"

停顿了几秒后，邦夫特静静地说道："你确定？"

"肯定。佩妮，换个频道看看。"

我走过去坐在了邦夫特身旁。我无法开口。他伸手如同父亲般拍着我的手背，我们一起看着接收机。佩妮换到的第一个频道说："——肯定，伙计们。八个机器人大脑说是，'居里'说可能。开拓党已赢得决定性的——"她又换到下一个频道。

"——确定了他的临时工作还将续约五年。我们无法联系到吉洛迦先生，但他在新芝加哥的首席助理承认目前局势已难以挽回——"

罗杰起身走向电话。佩妮关掉了声音。新闻主播仍在继续播报，他只是以不同的词语宣布着我们已知晓的事实。

罗杰打完了电话，佩妮又开启了声音。主播又播报了一会儿，然后开始读起了某件刚递给他的东西，很快就抬头露出了大笑脸："朋友们，公民同胞们，现在为大家播放首相讲话！"

画面换成了我的获选演说。

我坐在那里，沉浸于其中，感觉复杂而又美妙，美妙得有点心痛。我为演讲倾注了心力。新闻里的我看上去很疲倦，冒着汗，却又充满自信。像一场真正的即兴演说。

我正说到"让我们一起前进，让自由——"，突然身后传来了异响。

"邦夫特先生！"我说道，"医生！医生！快来！"

邦夫特先生的右手抓着我，急切地想跟我说些什么。然而，已经太晚了。他的嘴巴已不听使唤，他曾经不屈的意志已无法指挥虚弱的身体。

我把他枕在臂弯里——他进入了潮式呼吸，几乎立即就死去了。

他们用电梯把他的尸体运了下去——达克和卡佩克一起。我帮不了什么忙。罗杰上前来拍了拍我的肩膀，接着也离开了。佩妮跟着他们下去了。现在，我又来到了阳台。我需要"新鲜空气"，尽管它和起居室里的一样，只是同一台机器里泵出的气体。但是，它就是让人感觉新鲜。

他们杀了他。他的敌人杀了他，就跟朝他的肋骨间捅了把匕首一样真切。尽管我们付出了种种努力，承担了种种风险，到最后，他们还是成功谋杀了他。"最卑鄙的谋杀"！

悲痛让我无法思考，我内心的一部分也跟着死去了。我看到了"自己"的死亡，我再次看到了父亲的死亡。我这才明白为什么人们很少会只救活连体婴儿中的一个。我心里空洞洞的。

我不知道在这里站了多久。终于，我听到了罗杰的声音在我身后响起："头儿？"

我转身。"罗杰，"我急切地说道，"别这么叫我，行吗？"

"头儿，"他坚持道，"你知道你现在该干什么，不是吗？"

我感觉头晕，他的脸变模糊了。我不知道他想说什么——我也不想知道。

"你什么意思？"

"头儿——人终有一死——但演出必须继续。你现在不能退出。"

我的头很疼，眼睛也无法聚焦。他似乎在我眼前晃动，声音也忽远忽近。"——夺走了他完成事业的机会。所以你必须替他完成。你必须让他复活！"

我摇了摇头，竭力让自己镇定下来，并回答说："罗杰，你不知道你在说什么。这太荒谬了！我不是个政治家。我只是个该死的演员！我扮鬼脸娱乐大家，这才是我擅长的。"

令我恐惧的是，我用邦夫特的声音说出了上面这段话。

罗杰看着我:"在我看来,你一直表现得都很不错。"

我努力用回自己的声音,想控制住眼前的局面:"罗杰,你现在太悲痛了。等你平静下来,你会明白这有多么荒谬。你说得对,演出必须继续,但不是以这种方式。真正要做的——唯一要做的——是把你升上去。选举赢了,你们得到了多数席位——你去任职,你去实现计划。"

他看着我,哀伤地摇了摇头:"要是行的话,我会这么做。我承认。但是我做不到。头儿,你还记得那些冲突激烈的执行委员会会议吗?你让他们服从了安排。整个联盟团结在一个人的力量和领导之下。如果你不继续,他为之奋斗并为此付出了生命的一切将很快瓦解。"

我无法反驳。他可能是对的——在过去的一个半月中,我看到了政治游戏内部复杂的齿轮结构。"罗杰,即使你说的是对的,你提出的办法也不可行。靠着计划周详的舞台布置,我们才勉强走到了现在——有几次差点就露馅了。照你的意思,还要一周接着一周、一个月接着一个月,甚至一年接着一年演下去——不行,我做不到。这不可能。我办不到!"

"你做得到!"他凑近我坚决地说道,"我们已经商量过了,我们都知道面临的困难。但是,你有机会成长。先在太空中待上两个星期——妈的,你要待一个月也行!你所有的时间都要用来学习——他的笔记、他童年时的日记、他的剪贴簿,你要生活在这些东西里面。我们也会帮你。"

我没有接话。他继续着:"头儿,你已经知道了政治人物不是一个人,而是一个团队,由共同的信仰和目标团结在一起的团队。我们失去了团队的领导,我们必须再找一个。但是,团队仍然在这儿。"

卡佩克也出现在了阳台上,我没留意到他出来。我转身看着他:"你也赞同吗?"

"是的。"

"这是你的责任。"罗杰又加了一句。

卡佩克缓缓说道:"我没有那么极端。我只是希望你能接受。但是,该死的,我不会用良心来压迫你。我相信自由选择,尽管从医生嘴里冒出这个词显得有些做作。"他看着克里夫顿,"我们最好让他一个人静一静,罗杰。我们已经告诉他了,现在就看他自己吧。"

尽管他们离开了,但我仍然不是一个人。达克走了出来。他没有叫我"头儿",让我觉得轻松了点,心里也对他有些感激。

"你好,达克。"

"你好。"他沉默了一阵子,抽着烟,看着群星。随后,他扭头看着我:"老伙计,我们一起经历了一些事情。我现在了解你了，我会随时用枪、用钱、用拳头来支持你，而且不会开口问一声为什么。如果你现在选择退出，我不会怪你半句，我也不会小看你半点。你已经完成了一项义举。"

"呃，谢谢，达克。"

"再多说一句，然后我就撤了。记住：如果你决定退出，那些对他洗脑的鼠辈就赢了。尽管我们付出了这么多，他们还是赢了。"他进去了。

我先是感觉内心异常挣扎，随后又变成了自我怜惜。这不公平！我有自己的生活。我正处于演技的高峰，事业上依旧有无数的荣誉在等着我。期待我埋葬自己，可能要埋葬很多年，换成另一个人的身份，太不公平了！观众会忘了我，制片人和经纪人会忘了我——可能会以为我已经死了。

这不公平，这要求太过分了。

此刻，我暂时停止了思考。天空中的地球母亲仍然那么宁静、那么美丽，亘古不变。我想象着那里的选举夜庆祝是何等的盛况。火星、木星和金星也都在视野之中，如同悬挂在黄道带上的珍珠。当然，我看不到木卫三，也看不到遥远的冥王星上孤独的殖民地。

"充满希望的世界。"邦夫特是这么评价它们的。

然而，他死了。他消失了。他们在他最辉煌的时刻夺走了他的生命。他死了。

他们将希望寄托在我身上，让我再现他，让他重生。

我能做到吗？我能达到他高贵的标准吗？他希望我这么做吗？如果他是我——邦夫特会这么做吗？在选战进程中，我曾一遍遍地问自己：邦夫特会怎么做？

有人走到了我身后。我转身看到了佩妮。我看着她问道："他们让你来的？你也来求我吗？"

"不是。"

她没再往下说，也没在等待我的回应，我们也没互相看着对方。沉默持续着。最后，我说道："佩妮，如果我想继续——你会帮我吗？"

她一下子转身看着我："当然，头儿，当然！我会帮你的。"

"那我就试试吧。"我谦卑地说道。

以上这些都是我在二十五年之前写的，目的是为了消除心中的混乱。我努力忠实地记录一切，没有对自己笔下留情，因为除了我和我的心理医生卡佩克以外，不会有人读到它。在过了四分之一个世纪以后，重新读到那个年轻人幼稚却又充满激情的语言，让人唏嘘。我记得他，但很难意识到我其实就是他。我的妻子佩妮声称她还记得他，比我记得更清楚——还说她从来没爱过别人。时间改变了我们。

我发现，我对邦夫特早年生活的"记忆"，比对我自己真实经历的还清楚。那个可怜的家伙，劳伦斯·史密斯，或者——如他所愿——被称为"伟大的洛伦佐"。这会让我发疯吗？或者让我精神分裂？如果真是这样，这是出演这个角色必须做出的牺牲，为了让邦夫特重生，作为载体的演员必须被压制——完全压制。

不管有没有疯，我知道他曾经存在过，而我就是他。作为演员，他从未真正成功过——尽管我觉得有时他会被自己内心的狂野感动。他最后的离场也符合他的性格。我收藏着一张泛黄的剪报，上面说他因过量服用安眠药死在了泽西城的一家宾馆里——显然是失去了生活的勇气，因为他的经纪人发表了一个声明，说他有几个月没接到过角色了。我本人觉得他们不应该提及他失业了。这么说虽算不上诽谤，但至少不友善。剪报不经意间证实了在一五年的选战期间，他没在新巴塔维亚，也没在其他任何地方。

我应该烧了它的。

但是，除了达克和佩妮之外，活着的人中已经没人知道真相了——当然，那些谋杀了邦夫特身体的人也可能还活着。

在政治生涯上，我已经历了三起三落，目前的这一任可能是我最后一个任期了。在第一次下台前，我们已经成功地让金星人、火星人和木外星域人加入了大议会。但是，仍有其他星体上的人尚未加入，所以我又杀回来了。人民可以接受一定程度的改革，然后他们希望放慢脚步，但是既有的改革已生根发芽。人民不希望有变化，不希望有任何变化——对其他星体人的恐惧根深蒂固。然而，我们不断前进，我们必须前进——如果我们想拓展我们的文明。

我一次又一次地问自己：邦夫特会怎么做？我不确定我的答案总是对的（尽管我相信自己是整个太阳系中最懂他的人了），我能做的就是演好他的角色。很久之前，有人（是伏尔泰吗？）说过，如果撒旦代替了上帝，他也会觉得有必要继续保持上帝的神性。

我从未为演艺事业的终结而觉得遗憾。从某种方面来说，我没有失去它。维勒姆是对的。除了鼓掌以外，还有其他致敬的方式，而且精彩的演出总会给人带来温暖。我想我已经尽力去创造完美的艺术了。或许我并未百分百成功——但我觉得父亲会给一个好评。

没有，我没有遗憾，尽管我以前更开心——至少睡得更好。但是，为八十亿人民服务也有种神圣的满足感。

或许他们的生命没有宇宙级别上的意义，但他们有感情。他们会受伤。

读客® 科幻文库

跟着读客读科幻，经典科幻全看遍

太空歌剧、赛博朋克、奇幻史诗……
中国、美国、英国、俄罗斯、波兰、加拿大、日本、牙买加……
读客汇聚雨果奖、星云奖、轨迹奖获奖作品
精挑细选顶尖的科幻奇幻经典
陪伴读者一起探索人类文明的过去、现在和未来
亿亿万万年，直至宇宙尽头

打开淘宝，扫码进入读客旗舰店，
下一本科幻更经典！

图书在版编目（CIP）数据

双星 /（美）罗伯特·海因莱因著；张建光译. ——
上海：上海文艺出版社，2019.5
（读客外国小说文库）
ISBN 978-7-5321-7085-2

Ⅰ.①双… Ⅱ.①罗… ②张… Ⅲ.①科学幻想小说
－美国－现代 Ⅳ.① I712.45

中国版本图书馆 CIP 数据核字（2019）第 038250 号

Double Star © 1956,1984 by Robert A. Heinlein
This edition arranged with The Lotts Agency Ltd.
through Andrew Nurnberg Associates International Limited.
Simplified Chinese edition copyright © 2019 Dook Media Group Limited
All rights reserved.

中文版权 © 2019 读客文化股份有限公司
经授权，读客文化股份有限公司拥有本书的中文（简体）版权
著作权合同登记号 图字：09-2019-119

责任编辑：毛静彦
特约编辑：武姗姗　　王　品
封面设计：李子琪　　陈艳丽

双星

[美] 罗伯特·海因莱因　著
张建光　译

上海文艺出版社 出版、发行
地址：上海市闵行区号景路159弄A座2楼
电子信箱：cslcm@publicl.sta.net.cn
新华书店 经销　三河市龙大印装有限公司印刷
开本 890毫米×1270毫米　1/32　7.25印张　字数 126千字
2019年5月第1版　2023年12月第2次印刷
ISBN 978-7-5321-7085-2/I.5666
定价：42.00元

如有印刷、装订质量问题，
请致电010-87681002（免费更换，邮寄到付）